JANETE

NICOLÁS IRURZUN

JANETE

AMOR E DESENCONTRO ATRAVÉS DO TEMPO

PandorgA
NACIONAL
2019

Direção Editorial
Silvia Vasconcelos

Produção Editorial
Equipe Editora Pandorga

Revisão
Daniela Vilarinho

Capa e Diagramação
Renato Klisman

Texto de acordo com as normas do Novo Acordo Ortográfico da Língua Portuguesa
(Decreto Legislativo Nº 54 de 1995)

Dados Internacionais de Catalogação na Publicação (CIP)
Bibliotecária responsável: Aline Graziele Benitez CRB-1/3129

I24j Irurzun, Nicolás
1ª ed Janete / Nicolás Irurzun.
– 1.ed. – São Paulo: Pandorga, 2018.
144 p.; 14 x 21 cm.
ISBN: 978-85-8442-325-5
1. Literatura brasileira. 2. Romance. I. Título.

CDD 869.93

---

1. Literatura brasileira: Romance.

2019
IMPRESSO NO BRASIL
printed in Brazil

DIREITOS CEDIDOS PARA ESTA EDIÇÃO À
EDITORA PANDORGA
RODOVIA RAPOSO TAVARES, KM 22
GRANJA VIANA - COTIA/SP
TEL.: (11) 4612-6404

PandorgA
NACIONAL

www.editorapandorga.com.br

"NINGUÉM É MADURO
QUANDO SE TRATA DE AMOR"
CLARICE LISPECTOR

ADVERTÊNCIA

Esta não é uma típica história de amor.

Embora o protagonista se esforce para ser romântico, volta e meia enfia os pés pelas mãos e, em vez de romance, cria confusão.

Não há o amor adolescente, apesar de – muitas vezes – os personagens agirem como tal.

Há reviravoltas e surpresas. Sim, isso o leitor pode esperar.

Até tem final feliz. Ou não. Vai depender do ponto de vista de cada um.

A garantia é de uma leitura agradável e divertida.

E o desejo de que todos encontrem a Janete de sua vida...

01

Silas retira o quadro da parede e o deixa no chão, encostado no sofá. No lugar, pendura o substituto, comprado no dia anterior. Sai Indiana Jones, entra mandala. "*Pode não se reconhecer, mas são nossas essências.*" Palavras de Janete, ouvidas com desdém por quem jamais entendeu aquilo que parecem flores estilizadas. Lembram os rabiscos que fazia na infância. Agora as coisas mudaram, o espaço é dele. Ou dela. Dele, do quadro. Dela, da mandala. Foi bom enquanto durou, Indy. O chapéu e o chicote não têm mais sentido. O arqueólogo aventureiro destoava na decoração da sala, única concessão ao seu gosto.

Há anos Silas ignorava a tela, mas fez questão – ao mudar-se praquela casa – de impor ao menos um detalhe de seu estilo. Questão de poder, mínimo que fosse. "*Baboseira*", sorri. Na época, doze meses antes, achou necessário demonstrar que também teria voz ativa na nova etapa da vida em comum. E o pequeno apartamento, harmonicamente decorado em estilo hindu, com ares místicos, acabou com o ponto de desequilíbrio na parede da entrada. Os amigos riam, alguns com mal disfarçado desprezo.

Chegara o momento da derrocada. A última cruzada de Indiana Jones.

É apenas um entre tantos detalhes a serem cuidados. Há providências específicas para a noite, a grande celebração. Parte do plano é destacar a capa do CD da Marisa Monte. Ao som da regravação de "Dança da Solidão", de Paulinho da Viola, registrou-se o primeiro beijo. Na época, Silas deliciou-se com o comentário "*adoro barbas volumosas*". Ouviam um programa de velharias.

"*Só gostamos de velharias*", Janete costuma dizer. "*Somos velhos*", completa Silas, admirando as marcas de desgosto ao redor dos claros olhos janetianos. As marcas estarão sempre ali, a serem comprovadas em frente ao espelho. Ela nunca se incomodou com rugas, cada uma trazendo experiências, viagens, amores, desilusões. O bom e o ruim.

O que sempre a desagradou é perceber o tempo diminuindo. Quer viver muito mais. Se o corpo já não traz a sagacidade de outrora, a mente mantém-se ativa. Mais sensata, madura e cheia de vontades. A principal vontade é seguir ao lado de Silas.

Hoje Silas se esmera nos cuidados para festejar o primeiro aniversário de matrimônio. Não houve igreja, não houve cartório. Apenas a troca de alianças – fizera questão – e a mudança para a casa de Janete. "*Nossa casa*", ela costuma enfatizar. Por ora, Silas prende as pontas do barbante, esticando-o entre a janela e a estante; a frágil corda ostenta quatro pôsteres presos em clipes. Arranjo tosco e prático, como ela gosta. Estão pendurados quatro filmes que, descobriram com o tempo, ambos gostavam e, no decorrer de dois anos de namoro, reviram juntos. Nenhum Indiana Jones ou qualquer herói de matinê. E esta noite Silas vestirá a camisa que ganhou de presente no ano anterior, nos festejos de setenta primaveras. Além de outonos, verões e, muito a contragosto, invernos. A camisa, entretanto, virá após o banho; ainda há tempo, Janete está, desde o início da tarde, no salão de beleza. Amanheceu animada como uma adolescente. Silas jamais a viu adolescente, mas imagina como seria. Sorri e sente a paixão pela companheira aumentar assim como é, sexagenária. "*Sexygenária*", costuma corrigi-lo.

Silas prepara a salada. Assará a carne após o banho. Aciona a música ambiente da casa, selecionando o repertório da primeira década dos anos 2000. "*Até ali se fazia alguma coisa que presta.*" Arrisca passos numa dança imaginária. A parceira, igualmente imaginária, é Janete. Sempre ela. Desde que entrou em sua vida, apenas ela. Lembrou-se da principal peça decorativa do evento: o pacote de macarrão integral sobre a bancada que divide a cozinha da sala. No *freezer*, o sorvete de abacaxi está reservado para a sobremesa.

Enquanto empurra o carrinho pelo estreito corredor do supermercado, Silas está de mau humor; detesta fazer compras. Não lhe restam muitas opções, pois vive sozinho desde o divórcio e os dois filhos estão casados e distantes. É isso ou morrer de fome. Como a morte seria lenta e dolorosa, a agonia do mercado é preferível. Resta o consolo de observar as meninas e suas roupas sumárias. Em poucos anos, estarão seminuas. Mesmo as cinquentonas estão apetecíveis, embora mais vestidas. Calças tão justas! Procura ser discreto, não quer passar por velho babão. *"De que me adiantam viagra e genéricos se não tenho mais acesso a essas mulheres?"* As que chegam na terceira idade – *"piada de mau gosto isso, é velhice mesmo"* – com cabeça e corpo em melhor forma, preferem os mais novos. De qualquer modo, a vida está tranquila demais para buscar novos amores. Só trariam dor de cabeça. Para passar o tempo, nada melhor que futebol, acompanhando tudo quanto é campeonato pelos canais pagos. Se para os livros a vista cansou, na vida real as mulheres é que se cansaram dele.

— Sabe qual o cúmulo da chatice gastronômica? Alimentos integrais.

Silas vira-se interrogativo à senhora ao lado do carrinho.

— O pior de todos é o arroz. Arroz integral tem gosto de bosta. Tá, tô exagerando. Dá pra comer, mas não chega perto do arroz branco. Uma vez fui convidada pra comer feijoada e minha amiga o preparou com arroz integral. Aí não! Na feijoada não. Fossem outros tempos eu teria sugerido a ela enfiar a cumbuca você sabe onde. Mas cansei de ser a chata, sabe? Comi pouco, depois passei na padoca e tracei um lanche.

Ao constatar que o desabafo era mesmo com ele, Silas sorri discretamente. Não está acostumado a papear com gente desconhecida. Ela segura dois pacotes de macarrão integral, marcas diferentes, um em cada mão. Silas arruma o cabelo, ajeita a espessa barba e tenta, em vão, diminuir a barriga. É bonita a senhora.

— Macarrão integral não é tão ruim — ele diz —, só precisa deixar na água um pouco mais de tempo.

— Eu sei. Às vezes chega até a ser gostoso. Mas poxa, bate um desânimo pegar produto integral no mercado. Saudade dos tempos em que eu não me preocupava com colesterol, pressão, triglicérides, essas porcarias.

— É. A gente começa a se preocupar com o que faz mal pra saúde. Eu já tô acostumado.

— Qual destes dois você prefere?

Silas aponta o produto da mão esquerda. Ela agradece, sorri e segue para outro corredor. Ele a observa desaparecer e sente algo no peito. Não é ataque do coração, "*dizem que começa formigando o braço*". Os neurônios da memória indicam algo parecido com paixão. Não tem certeza, faz tempo. Talvez estejam enganados. Ao empurrar novamente o carrinho, Silas sequer se dá conta que os primeiros passos confundem-se com leve sapateado, num dançar imaginário. Caso se desse conta, perceberia que o mau humor se escafedeu.

Duas gôndolas à frente, Silas a observa colocar o pote de sorvete de abacaxi no carrinho. Até hoje jura que não a seguiu. "*Coincidências do destino.*" Ao passar por trás da senhora, Silas comenta que aquilo faz mal pra saúde. Ouve, num tom gracioso, que faz bem pra vida. Seguem conversando até chegarem aos caixas, quando ele se oferece a pagar-lhe a compra e quase estraga tudo. Janete não gosta nada. Ao final, ela sugere que, caso realmente queira fazer algo cavalheirístico, "*se é que o termo existe*", como nos tempos de outrora, que a ajude a saborear o pote de sorvete.

— Faça mal à saúde junto comigo.

— Faremos, como você disse, bem à nossa vida.

Dali a duas noites jantaram na casa dele, ao som de "velharias" como Marisa Monte.

Janete não deve demorar. Silas corre ao banho, quer estar pronto para recebê-la no clima festivo e romântico que programara. Ducha rápida, perfume e, agora sim, a camisa presenteada no ano anterior. Aciona a tevê da sala e acompanha as notícias. O escândalo se dirige para ser abafado tanto pelo governo quanto pela oposição. O Brasil segue o mesmo. Silas consulta as horas; Janete sempre atrasa. Pensa em ligar. De repente, o celular toca. Atende com voz de fingida indignação, mas a brincadeira falha. É o filho querendo informações sobre uns documentos que o pai ficou de enviar. Amanhã, sem falta. No máximo, na quarta. Fica tranquilo, de quinta não passa. Saco. Pelo menos não foi pra pedir dinheiro. Confere a carne no forno. Tá quase. Devia ter esperado ela chegar, assim terminará esfriando. Ela vai caçoar de novo, teme. "*Cozinha não é teu forte. Nem teu fraco, nem teu mais ou menos. Sai daí!*"

Decide telefonar, mas Janete não atende. Uma ponta de preocupação nas artérias de Silas. Nada intenso. Ela nunca foi pontual e, na rua, adora aventurar-se por lojas e galerias em busca de ofertas.

Além disso, vez por outra, não ouve o celular perdido no fundo da bolsa. Carne assada pronta e esfriando. "*O negócio é requentar no micro-ondas. Vai ficar uma porcaria.*" Não adianta angustiar-se e, para relaxar a cabeça, decide bisbilhotar as notícias na internet. Foge da política, busca pelos lançamentos no cinema. Nada impede que as comemorações prossigam semana afora e a convide para um filme no dia seguinte. O telefone toca novamente. É ela. O número registrado na tela é o dela; a voz, de um desconhecido.

Quer saber se conhece Janete Pergolaro e informa que ela está no pronto-socorro do Hospital Geral de Pedreira.

Apavorado, Silas ignora a ojeriza em caminhar na rua após escurecer. Os inúmeros buracos e desníveis das calçadas proliferam. Bem, se não aumentam, certamente se camuflam no amarelado da parca iluminação pública. Não há grau de óculos que dê jeito. Pensando bem, seria prático tomar um capote, ao menos chegaria mais rápido com a ambulância, em caso de tropicão e nariz no chão. O pronto-socorro fica a três quarteirões de casa, no meio do caminho até o salão de beleza onde Janete marcara para se emperiquitar. Silas tem raiva, achava desnecessário o salão. "*Um batom e você fica linda.*" Desespera-se. Isso é hora de ter raiva? A respiração fica difícil. Caminhar com pressa e sentimentos aflorados não fazem bom caldo. Procura se acalmar.

O médico – ou enfermeiro, ou auxiliar, seja lá quem ligou – não disse que era grave. Em verdade, não adiantou muita coisa, apenas que ela desmaiara na calçada e fora transportada ao PS. Tadinha, acordar no meio de médicos... Janete, que preferia lavar louça a marcar consulta. E ela detestava arrumar a pia da cozinha. Por isso, era função de Silas, assim como passar a roupa e tirar o pó dos móveis. A roupa ele dava um trato à noite, assistindo futebol na tevê, enquanto ela lia seus livros. Sempre resmungando porque os melhores romances tinham as menores letras: "*Vou terminar lendo livros infantis.*" Silas sorria e sugeria-lhe comprar uma lupa. Claro, a sugestão era feita sem desviar os olhos dos jogadores; sabia que, nesse momento, Janete mostrava-lhe o dedo médio de uma das mãos. Talvez das duas.

Falta pouco para chegar. Maldita subida. A chegada a todos os hospitais, prontos-socorros e afins deveria ser em terreno plano. Aliás, a chegada a qualquer lugar. O mundo deveria ser plano. O fôlego de Silas vai sofrendo severas baixas. Daqui a pouco só chegará mesmo com ambulância. Diminui o passo; melhor demorar um pouco do que não chegar. Lembra-se da carne assada. Dane-se. Ao aproximar-se do prédio do hospital, cresce o número de jalecos brancos e caras adoentadas. Nada bom, nada bom. Primeiro passo no interior daquele monumento de tinta branca desgastada. Janete odeia aquele ambiente.

Na televisão, o apresentador descreve o mais recente escândalo do governo. Silas sequer entendeu direito o escândalo da semana anterior. Em comum, o desvio de verba e as explicações estapafúrdias. Os aliados defendem que os esclarecimentos foram suficientes para provar a inocência dos denunciados; os oposicionistas alegam que tudo segue obscuro e os envolvidos devem ser afastados. Silas puxa da memória, são os mesmos argumentos de dois anos antes, com papéis invertidos, quando oposição era governo e governo era oposição.

— Os únicos que continuam do mesmo lado somos nós, os trouxas.

— Que foi, homem? Do quê tá reclamando agora? Isso? Desliga essa merda. Bota uma música pra gente ouvir.

Boa ideia. Coloca uma coletânea dos Doors e segue até a cozinha. Não gosta de como encontra Janete, desajeitada na cadeira, a mão direita entre a virilha e a barriga, a esquerda apoiando a cabeça. *"As dores?"* Ela confirma. *"Vou preparar um chá pra você."* Janete agradece, embora saiba que esses chás nunca ajudam. Vale o carinho, que tem lá sua dose de eficácia. Claro, desde que não venha acompanhado com a ladainha de... Tarde demais.

— Você devia procurar um médico. Já te disse. Não me olha feio. Essas dores abdominais não podem ser normais.

— Meu querido, na nossa idade qualquer dor é normal. O que não é normal é a gente ainda estar vivo.

Silas não gosta daquele tipo de piada. Foi preciso muita paciência para aguentar a cara dos filhos quando anunciou que, perto dos setenta, arranjara uma namorada. "*Tô vivão e vivendo*", repetiu a gíria que o filho mais novo costumava soltar.

Enquanto derrama água fervendo sobre a xícara com saquinho de chá, ouve o pedido de Janete para não ficar com "*aquela cara*", afinal era só um "*chiste*". Ela prova o chá. Aprova. Ele recusa tomar um gole, não precisa, agora não quer. Ela é que tá na necessidade. Silas senta-se na cadeira em frente e busca amenidades para distraí-la. Parece que o vizinho de cima foi traído pela mulher.

— Merecido. Aquele canalha faz isso há anos. Tava na hora dela retribuir.

— Acho que o melhor era ela ter pedido o divórcio.

— Também acho. Em todo caso, isso serve de lição. Como você ficou sabendo?

— Apareceu um carro da polícia ontem à noite. Pelo jeito ele não aguentou a dor da retribuição e deixou um olho roxo nela.

— Filho da puta! Espero que apodreça na prisão!

— Levaram pra delegacia, não sei se ficou preso. Se ficou, não acredito que seja por muito tempo.

— Ele vai ouvir poucas e boas quando me encontrar.

— Não te mete, Janete — Silas ia brincar com a rima, mas o rosto da companheira o impede. Lembra-a, com prudência, que o cara é agressivo, como demonstram os fatos recentes. E Silas não tem mais físico nem força para defendê-la como merece. — Fossem alguns anos atrás, eu poderia quebrar a cara desse covarde; hoje eu ia apanhar mais que a coitada da esposa — argumenta. Com um discreto sorriso reaparecendo no rosto, Janete contra-argumenta que, hoje, ele teria as feridas amenizadas por seus carinhos, "*inclusive os beijos que você gosta*", mas na época em que ele poderia defendê-la, ambos sequer sonhavam em se conhecer.

— A gente devia ter se encontrado antes, Janete. Por mais tempo que a gente tenha juntos, será pouco pela felicidade que você me trouxe.

— Quanto tempo antes? Um ano? Dois? Não tem importância. A gente precisa é aproveitar o tempo que estamos juntos.

Silas rebate que será sempre pouco. Não queria um ou dois anos a mais. Dez!

— Não, Janete, eu queria ter te conhecido trinta anos atrás. Queria que a minha vida tivesse um capítulo gigantesco ao teu lado.

Ela escancara o sorriso, adora quando ele filosofa pieguices. Gosta mais, é certo, de provocá-lo.

— Bem, trinta anos atrás você estava traindo tua mulher. Eu não ia gostar nada disso.

— Você não presta — sorri contrariado. Ninguém acredita, mas Silas jamais traiu a esposa. Pelo menos é o que jura, de pé juntos, até hoje. A esposa, a ex, por sua vez, garante ter sido esse o motivo da separação. Para Janete não faz nenhuma diferença. Foi há tantos anos – e tanto tempo antes de conhecê-lo – que parece pertencer a outra vida. Ela acredita piamente, sim, que hoje Silas jamais a trairia. Acredita tanto que, somente agora, na última fase de sua vida, aceitou dividir a casa com outro homem. Ninguém, até então, valera o sacrifício.

Janete levanta e vai ao quarto; Silas tenta acompanhá-la, mas é tranquilizado. Está bem e já retorna, vai buscar uma coisinha. Ele permanece na mesa, tamborilando os dedos. Observa os desenhos nos azulejos, os pensamentos embaçam na mente; visualiza o rosto de Carmen. A ex. Olhos em fúria, acusando-o de ir atrás de outra mulher. Sensação desagradável, fazia tempos não lhe vinham essas lembranças. Resolve provar o chá, a xícara está pela metade. Delícia. Sensação reconfortante. Ou nem tanto. A cabeça parece embaçar novamente. Cheiro desagradável. Janete retorna com cigarro entre os dedos e rosto tranquilo.

— Sério? Maconha? A esta hora?

— Que horas você acha melhor? Não enche, Silas. Sabe que só com um pega as dores amenizam. Não. O chá não fez nem cócegas. Pode tomar, não quero mais.

— Bom, achei uma delícia. Sabe de uma coisa? Vou preparar outro pra mim.

— Sabe de uma coisa, amor? Trinta anos atrás, dez anos atrás, tanto faz. Se a gente tivesse se conhecido quando éramos mais novos, não teríamos ficado juntos nunca. Eu nem olharia na tua cara. Não fica assim, você também não olharia na minha.

— Fico triste que você pense assim. Eu teria te amado em qualquer época de nossas vidas. Não deboche, sabe que falo sério.

— Sim, eu sei. Não está sendo racional.

— Zero chances de namoro quando tínhamos trinta ou quarenta anos? Será? Porque eu queria a oportunidade de aproveitar muitos mais tempo com você.

— Você é um doce. Desculpa a grosseria, são as dores. Só que realmente acho que não teríamos namorado quando mais jovens. Éramos completamente diferentes. Ainda somos, mas o tempo nos torna compreensivos e tolerantes. E vamos ser sinceros, o pessoal do nosso círculo de amizades está morrendo e as opções vão ficando escassas.

Silas ri, balança a cabeça. Levanta-se e lhe dá um beijo na testa. Janete pergunta se vai dormir, ele nega. Queria apenas um carinho. Retorna ao lugar e puxa a revista sobre a bancada: *"espero você terminar o cigarro"*. Olhando-o fixamente nos olhos, solta uma baforada. O companheiro insiste:

— Talvez se a gente se encontrasse na oportunidade certa, poderia acontecer. Você não tem vontade de mais tempo comigo?

— É o que mais desejo no mundo. Hoje. Espero que a gente tenha uma infinidade de momentos felizes.

— Sei. Mas se a gente revivesse nossos trinta anos, não teríamos chance como namorados.

— Silas, a gente não seria nem amigos.

No fundo, sabe que ela tem razão. "*Merda, eu devia ter ido dormir*", pensa enquanto encara Janete.

Na recepção do hospital, indaga por Janete Pergolaro. Explica ter recebido ligação telefônica solicitando o comparecimento. Aguarda por ali, o médico responsável já virá. De fato, para surpresa e alívio, chega em poucos minutos. Não aparenta ser lá tão responsável. Cara de moleque. Tem sotaque, parece carioca. A responsabilidade de um surfista, desdenha Silas para, em seguida, empenhar-se em entender o que lhe é explicado. Para não estender demais este primeiro capítulo, resumindo o que o jovem médico explica, entre termos técnicos e reticentes eufemismos, é que Janete está morta.

02

O forte cheiro de incenso incomoda Ricardinho; caminha pela casa, passa pela cozinha, pelo quarto e, mesmo no banheiro, o odor *hippie* não o abandona. Para Ricardinho, incenso é coisa de *hippie*. Sugerir apagá-lo está fora de cogitação; já chegou atrasado ao enterro, não quer mais problemas para seu lado. Discretamente, abre a janela da sala; não muito, se alguém reclamar do vento frio, o artifício se esvai pelo buraco. Não dura muito tempo, o pai pede para fechar "*a porcaria da janela*".

— Pai, desculpe — o pedido não se restringe à intrusa brisa.

Silas não responde. Com o semblante sério e fechado das últimas horas, otimizado pelo cansaço, senta-se no sofá. O filho pergunta se não quer deitar, descansar um pouco. Não, não quer. "*Estou bem*", mente. Na cozinha, Gerson – o outro descendente – está com a esposa e a filha preparando lanches com presunto e queijo, comprados na padaria após a cerimônia fúnebre. Também enfiam nos sanduíches as sobras encontradas na geladeira. A filha pensa em reclamar que está perdendo prova na faculdade; não exterioriza, receosa em magoar o avô e enraivecer o pai. Ninguém ali morria de amores por Janete, embora reconhecessem o bem que fizera a Silas. Angustiada, a neta abandona a nobre arte culinária e, fingindo qualquer espécie de indisposição – o que não deixa de ser verdade – tranca-se no banheiro. Sentada no vaso, telefone celular à mão, navega pela internet.

A intenção é simplesmente fugir do clima pesado que paira sobre a família. Redes sociais. Entra no perfil de Janete. Nunca tivera curiosidade, já fora um custo enorme aceitá-la em seu círculo de amizades virtuais. "*Essa velha*" é o resumo do que pensou ao receber o convite. A mulher nunca casou e deixou registrado na rede mundial de computadores que é namorada de seu avô. Mico total. Diversas referências a cantores antigos e filmes que jamais ouvira falar. Livros como *Crime e Castigo, Madame Bovary* ou *Memórias Póstumas de Brás Cubas*. Ela duvida que Janete tenha, de fato, lido essas merdas. O adjetivo fica por conta da insolente universitária.

O pior está a seguir. Oh, Deus, as fotos. Imaginava-se jovenzinha? Fantasiada numa festa temática. Elegante e sóbria nalgum evento importante. Bebendo com amigas. Mostrando o dedo médio ao fotógrafo. E várias ao lado de seu avô. Silas com sorrisos no rosto como ela raramente viu em reuniões familiares no período pré-janetiano. Por isso compareceram ao enterro. Tio Ricardo, atrasado como sempre. Tampouco gosta muito do tio. A família da mãe é mais interessante. O avô é exceção. Embora poucas as afinidades, tem carinho pelo vô Silas.

Toc toc, batem na porta, a mãe quer saber se está bem e, sem aguardar resposta, avisa que precisa comer, os lanches estão prontos. Aciona a descarga para maior autenticidade da estadia no banheiro e retorna à sala.

— Quem escuta CD hoje em dia, vô? — questiona ao ver a capa rosada do disco de Marisa Monte sobre a mesa de centro. Silas sorri, encolhe os ombros, sabe que a leve provocação procura injetar um sopro de ânimo. Tentativa fracassada, embora ele finja certo sucesso.

Amenidades. Saudosa Janete. Vida que segue.

Sentado no sofá, Silas tem a impressão de ouvir vozes familiares conversando consigo.

Relembrar momentos felizes. A saudade ficará, a dor passará.

São eles. Reconhece as vozes de filhos, nora e neta. Parecem, que estranho, virem de longe. Ou seria ele, Silas, quem se encontra distante? Outro mundo? Outra época? Encontra-se vivo?

Casa. A casa. Que fazer com a casa?

A insistência no assunto, associada aos chamados de "pai" trazem Silas de volta à sala. As tais vozes estão no entorno, incomodadas com a questão do apartamento. Silas abandonara a casa onde vivia de aluguel pra morar com Janete. O apê é dela. Ninguém sabe se foi alterado o registro do imóvel para incluí-lo como coproprietário. Será? E agora, como será, pai? Vai continuar por ali? Venderá o apartamento? Os familiares de Janete cuidarão do assunto? Silas não pensou no assunto. Nem quer pensar. Filhos, nora e neta devem temer seu suposto desejo de viver com eles. Podem ficar tranquilos, não passa nem perto de suas intenções. O tema será tratado, de qualquer modo, em outra hora. Quer descansar. A cabeça dói.

Lateja. Imagina que deve ser assim um aneurisma, pelo menos o início dele.

Será que Janete sentiu dor? O jovem médico, o falso surfista fluminense, relatou que havia um aneurisma. Nem sempre é fatal; neste caso foi. A incidência é ligeiramente maior sobre mulheres. *"Grande merda, por que não foi comigo?"* Foi Janete, quis o destino, quem nasceu com malformação da artéria. Ou da aorta. Ou artéria seiláoquê, qualquer outro nome. Enfim, tinha ela o aneurisma congênito. Quando a veia estourou, catapum. Não teve chance. Não teve tempo. Nenhum aneurisma leva Silas, é uma simples dor de cabeça. Nem tão simples, o dia é pesado. Primeiro o enterro; agora, a família em casa. Preocupam-se se a casa é sua. Enquanto observa a neta desligar-se do assunto e interagir com o celular, percebe não se lembrar – se é que já soube – qual faculdade ela cursa. Percebe mais, não tem nenhum interesse em saber. Seria chato perguntar quando vão embora? Ricardinho parece impaciente, não deve demorar.

— Hoje dormirei aqui com você, pai — informa Ricardinho, mostrando que o sistema de percepções de Silas precisa de reformas. Silas recusa, o filho insiste, auxiliado pelos demais. Pra piorar, todos ficarão até anoitecer – planejam pedir pizza para o jantar – inclusive a neta que, de cara emburrada, adiantou sua preferência pela portuguesa. Deve ser o tal estranho dia que nunca acaba. Silas encosta a cabeça contra o sofá. Meu Deus.

— Vou descer — avisa o patriarca levantando-se de supetão. Meu Deus uma ova, Silas buscará alívio ao ar livre. Com vento frio e tudo. Alguém ameaça dissuadi-lo, mas Gerson concorda com o pai e diz que estarão por ali, esperando-o voltar.

— Claro que estarão — resmunga.

Corredor, elevador, saguão do prédio. Silas cumprimenta o porteiro, que devolve acenando com a cabeça. Abre a porta de vidro e ganha o ar livre. Livre e frio pacas. No meio do percurso até a calçada, muda de ideia e retorna. No saguão, permanece em pé, próximo à saída. Não sabe o que fazer, não quer retornar ao apartamento. Cogita se sentar nas escadas.

— Tá tudo bem, Seu Silas?

Pego de surpresa, tarda alguns segundos até processar eventual resposta. O porteiro ameaça levantar-se por trás do balcão quando

Silas acena: "*Sim, estou bem, Clemente. Obrigado*". O guardião do prédio – ao menos no período diurno, mediante pagamento pouco melhor que merreca – ajeita a cadeira ao lado do balcão. Silas agradece e senta, enquanto ouve Clemente sentir muito pela dona Janete. Sorri. Sabe tratar-se de lamento sincero. Ele sempre tratou Janete com carinho e respeito e, desde que se mudou para lá, Silas recebe o mesmo tratamento. O porteiro noturno, embora educado, nunca foi simpático. Clemente, por outro lado, é "gente fina", como Silas definira uma vez, ao ser auxiliado com as compras da feira.

— O senhor ia a algum lugar? Precisa de ajuda?

— Todos precisamos, não é, rapaz?

Riem. Nem tão rapaz, Clemente está na casa dos cinquenta anos.

— Só queria dar uma volta — hesita e prossegue. — Não aguento mais a família por perto. Não quero parecer ingrato, sei que pretendem ajudar, por isso tento não reclamar, — Coça a barba e continua. — Sinto como se não tivessem nada a ver comigo. No fundo, ajudam por obrigação e só quero ficar sozinho.

Clemente entende, promete não atrapalhar. Passados poucos minutos de silêncio, Silas puxa conversa e debatem banalidades. O Palmeiras não deslancha. O Prefeito não ajuda. No cinema, nada que preste. Silas surpreende-se com o ensaio de sorriso no rosto, a conversa amena retira o rochedo das costas. Dura pouco. Bate arrependimento. Observa a enorme cicatriz no rosto do porteiro. Bochecha esquerda, vermelho intenso. Silas recorda-se que, nas primeiras vezes que o viu, mal podia encarar a marca. Sente-se um pouco culpado por isso também. "Sou um merda", pensa. Camufla o pensamento com novo sorriso, recheado de desânimo. Clemente reitera sentir muito por dona Janete, de quem gostava demais, e Silas emenda que era recíproco.

— Ela gostava muito de você. Cheguei a ter ciúmes no começo, sabia?

— Quiéisso, Seu Silas — Clemente ri. — Dona Janete era como uma mãe pra mim. Ou uma irmã mais velha. Inclusive foi ela quem me arranjou o emprego, sabia? — Silas não sabia. — Pois é. Devo muito a ela. Dói descobrir que não poderei retribuir. Por isso, o que o senhor precisar, pode contar com minha ajuda. Não posso muito, mas se estiver ao meu alcance...

— Rapaz, esta conversa já tá ajudando.

— Também perdi um grande amor. Sei como é.

— É viúvo, Clemente? — Não, não é. Explica ter esposa e três filhos, uma mulher e dois homens, todos bem encaminhados, "*graças a Deus*". Entretanto, deveriam ser três rapazes e uma garota. O primogênito morreu antes da chegada dos demais. Operação malsucedida após acidente de carro. Seria a primeira vez da família na praia, mas a viagem foi interrompida. A cirurgia era simples, só que uma complicação – sempre avisam que pode haver complicação – fez o coração parar. "*Não só o coração. Pararam os olhos, ele tinha o olhar intimidador. Pararam os lábios, esvaindo o sorriso mais belo que iluminou nossas vidas. Pararam as mãos, e nunca mais alguém me segurou com tanta delicadeza.*" Período de extrema dificuldade, com o tempo a dor diminuiu; pode não parecer, mas diminui. Ao contrário da saudade, que só aumenta. Clemente comenta, meio galhofa meio a sério, que não pode relembrá-lo demais na frente dos outros filhos, enciumados com o "irmão perfeito" que não conheceram. Pode uma coisa dessas? Silas ri. Mais uma vez, agora sem remorso.

— Você é um bom homem, Clemente.

— O senhor também. Sei que o senhor deu, nos últimos anos, bons momentos pra Dona Janete.

Ambos permanecem em seus lugares, silenciosos, por vários minutos. Então Silas decide subir, "*antes que os xaropes venham me buscar*". Trocam acenos e o porteiro observa o velho homem esperar alguns segundos no saguão e, com dois passos, desaparecer no interior do elevador. Clemente recorda de Dona Janete. Lembra mais. Dele. Praticamente visualiza à sua frente a imagem do garoto de dois anos, perninhas grossas e cabelo despenteado. E que sorriso.

03

A mão trêmula gira a chave, aciona a maçaneta e empurra a porta, que abre vacilante e ruidosa. Falta óleo nas dobradiças. Enquanto elabora o interminável primeiro passo, Silas observa a sala em detalhes. Não é a primeira vez que encara a decoração "riponga" (silenciosa definição oculta em pensamentos) mas, dadas as circunstâncias, é como se fosse. Tropica no tapete mal colocado. Veja bem, culto leitor, ele é do tempo em que não se tropeçava, tropicava. Coisas de infância interiorana. Cuidando-se apenas de um único balanço do corpo para frente, não se trata de tropicar. Enfim. Atrás de Silas, o rosto de Janete sorri.

Radiante com a concretização do recente sonho, faz troça da inaugural e desajeitada entrada de Silas como morador do apê. A estreia de ambos como conviventes. Ou, no clima do saudosismo caipira, amancebados.

Se existe uma palavra feia na língua portuguesa, é essa.

Silas finge indignação com a pilhéria de Janete, dirige-se ao centro da sala, deixa a bolsa com as últimas bugigangas sobre a mesinha e, determinado, anuncia que estreará o banheiro. A naturalidade dos gestos e dos lentos passos até o cômodo traduz-se para Janete na certeza de ter tomado a decisão correta. Percebe, não sem uma ponta de espanto, como está se tornando piegas. Caminha pela sala desviando das caixas de papelão com as tralhas de Silas que ainda não encontraram espaço na nova organização do lar. Por "tralhas" entendam-se CDs, livros e DVDs. Senta-se no sofá e, passando a mão pelo conteúdo espalhado, retira o filme *Harry & Sally*, aquele do orgasmo falso na lanchonete. Sorri ao recordar da história e fecha cara ao relembrar um sem-número de orgasmos fabricados para não desapontar parceiros. Homens de merda. Recorda-se dos *Homens de Preto. Men in Black, MIB*. No caso, Men in Shit. Novo significado para a sigla MIS. Lambança de ideias. Quem, prestes a entrar na década de 2020, assiste DVD? Quem todavia ouve CD? A maneira de consumir filmes e música mudou absurdamente nas últimas décadas. Janete é pior, tem paixão por LPs. Por filmes em VHS, não.

— Teremos tempo pra arrumar isso — comenta ele após sair do banheiro. Sugere que, caso ela não tenha interesse, boa parte pode ir para o lixo. Janete esclarece quanto aos filmes: quer todos. Sempre apreciou o discernimento cinéfilo do novo companheiro. Com o rosto transbordando desprezo, completa que "*os CDs, por outro lado, metade a gente pode jogar pela janela*". Silas ri e aponta a chance de se tornar viúva, uma vez que a probabilidade dele sair vivo após pular atrás dos CDs é "*um tanto quanto remota*". Ouve-a replicar que, com um gosto musical daqueles, não seria estranha a estapafúrdia ideia de matar-se por "aquilo".

Janete adora dizer *estapafúrdia*. Toda vez percebe em Silas um olhar diferente. Embora ele negue, tem certeza que é tesão. Muito estranho. Se fosse com ela, também negaria.

Procurando desconversar o assunto que sequer surgiu, Silas sugere café. Com o braço, indica que Janete deve ir primeiro e ambos deixam as caixas para trás, alcançando a cozinha; ele sabe exatamente onde encontrar o bule, a chaleira, o coador e o pó. Pó de café, claro, pois Janete sempre negou o uso de qualquer substância alucinógena, com exceção da erva "marijuana" que, ainda hoje, dá seus tapas vez ou outra, para contragosto de Silas. Café, no entanto, prepara com esmero.

Janete relembra o período em que trabalhou numa cafeteria em Moema. Horrível. Funcionavam inclusive aos domingos e, nesses dias, tinha que conciliar clientes esnobes com uma ressaca braba. "*Um deles podia muito bem ter sido você com aquela mulherzinha*", provoca. Ele concorda ressalvando, com sinceridade, não recordar de passagens por cafeterias em Moema, muito menos com a tal mulherzinha que, supõe, seja a ex-esposa.

Recorda que sempre morou na zona norte ou oeste de São Paulo e, conhecendo a própria indisposição em atravessar a cidade, não crê ter sido um dos esnobes. "*Fui esnobar em outros bairros.*" Novo sorriso e Janete emenda que o café está como ele: gostoso. Pretendia encabulá-lo. Não dá certo e sente o toque na mão esquerda, apoiada sobre a mesa. Do toque ao delicado aperto e o sorriso afetuoso. Afetuoso? Janete capta outras intenções. "*Agora? Não terminei o café.*" Ele se aproxima e beija seus lábios. Em seguida, acariciando os cabelos, beija sua testa. "*Tem um dos cômodos da casa que não estreamos. Pelo menos não como marido e esposa.*" Escapa um riso de Janete. Pela primeira vez na vida, beirando os setenta anos, é chamada de esposa. Não soa ruim. E o porvir imediato é tentador. "*Que deselegância de minha parte, não te apresentei o quarto.*" As xícaras de café ficam na mesa para esfriar.

De mãos dadas, agora Silas à frente, chegam ao dormitório, iluminado apenas pela luz do corredor. Não têm pressa. Cada qual sabe muito bem o que gosta e o que incomoda. Tiveram tempo também, em dois anos de namoro, de descobrir os gostos do parceiro. Substituíram o vigor físico de outrora pelo prazer em desfrutar carinhos, cheiros, toques e olhares. Claro, com ajuda tecnológica da medicina moderna, Silas esbanjou potência só conhecida nos áureos tempos de mocidade. E na "tarde de núpcias", Janete aproveita. Ao contrário dos áureos tempos de mocidade, não precisou fingir o orgasmo. Saciada, em vez de roncos, ouve elogios aos olhos.

No retorno à cozinha encontram o café gelado. Ninguém dá a mínima.

— Vai no micro-ondas mesmo. Esquenta mais rápido.

— Você esquentou bem rápido também. Em que momento tomou a pilulinha azul? Não percebi!

— Nem devia. Era surpresa. Foi pouco antes de sair de casa.

— De onde?

— Digo, da ex-casa. Agora estou em casa. Quanto à pílula, o efeito ainda dura um tempinho. Tem Silas pra mais o segundo tempo. Ou terceiro.

— Te aquieta, homem. Pra mim tá bom. De noite a gente vê.

— Até de noite não garanto.

Após o requentado café, o Casanova da terceira idade lembra que precisa buscar no carro "uma coisinha" que transformará a personalidade da casa. Para melhor, óbvio! Janete treme. Qual o problema com a atual personalidade? Receia indagar o que seria, mas nem precisa. Silas atravessa porta afora, prometendo voltar com ótima surpresa. Ela permanece sentada, recordando-se de todas as vezes que o termo "ótimo" foi objeto de discussão. Ótimo pra um, merda pro outro. Janete treme de novo. Não demora e o motivo de seus tremeliques atravessa porta adentro. Traz um pacote fechado, parece um quadro. As palpitações aumentam. Silas confirma, é um quadro, "*só que você não faz ideia sobre o que seja*". Janete lamenta. Há poucos minutos, nem meia hora, tremia de tesão. Agora isso. Exemplo prático de choque térmico. Ou quase isso. Janete rasga o embrulho e, atônita, observa a imagem do quadro.

— É Indiana Jones — explica Silas, catedrático.

— Sei quem é.

Segurando-o com as duas mãos, uma para cada lateral, ela levanta o quadro. Em passos lentos, posiciona-o em frente a diversos pontos das paredes, sobre os móveis. Passa por deusas hindus, mandalas e imagens esotéricas. Faz caretas, como quem calcula, examina, considera. O que o companheiro acha? Ele não gosta do tom utilizado e, audacioso, responde que ficaria bem em qualquer lugar.

— Acha mesmo?

Silas fecha a cara. Segue ouvindo.

— Eu não sei. Na verdade, o quadro me despertou curiosidade. Uma grande, intensa, corrosiva, explosiva curiosidade. Dá pra perceber? Não? Minha pele até arrepiou. É que não consigo imaginar, nem sequer passa pela minha cabeça, pelos mais escondidos cantos de minha mente, por qual caralho de motivo você sequer cogitou a ideia de que colocaria esse monumento, essa ode ao mau gosto em qualquer parte visível de minha casa. Eu pensaria duas vezes antes de pendurá-lo em qualquer local inacessível, talvez com uma manta cobrindo-o. Você quer realmente que seja exposto, à vista de todos, na sala de estar de minha casa?

Por pouco Silas questiona se não era mais "nossa" casa. Prudente, recua. Elogia a decoração e o ambiente que Janete criara e expõe a própria lógica: será Indy o contraponto para enfatizar a ideia mística do lar. O desequilíbrio necessário para quem busca, nas mandalas, recompor as áureas e os *karmas* que nos rodeiam. Sem desconsiderar que o personagem, já envolvido com o Santo Graal, a arca e a caveira de cristal, tinha ligações, ainda que por meios tortuosos, com o mítico e o sagrado. Janete tem o impulso de atirar o famoso arqueólogo emoldurado pela janela, tal qual um *frisbee* retangular. Silas intensifica a verborragia. São tantos e tão estapafúrdios os argumentos que ela cede, desde que não chame a atenção, num canto sem destaque na parede da porta de entrada, esperançosa de que os convidados só o percebam ao sair. Se tiver sorte, sequer nesse momento. Mesmo assim, Indiana só é pendurado uma semana depois, após protestos lamuriosos de Silas.

A mão trêmula gira a chave, aciona a maçaneta e empurra a porta, que abre vacilante e ruidosa. Falta óleo nas dobradiças. Enquanto elabora o interminável primeiro passo, Silas observa a sala em detalhes. Não é a primeira vez que encara a decoração "riponga" mas, dadas as circunstâncias, é como se fosse. Tropica no tapete mal colocado. Veja bem, culto leitor, ele é do tempo em que não se tropeçava, tropicava. Coisas de infância interiorana. Cuidando-se apenas de um único balanço do corpo para frente, não se trata de tropicar. Enfim. Atrás de Silas, a lembrança de Janete machuca.

Não se aguentando nas pernas, cai de joelhos e, desengonçado, apoia as duas mãos no chão. O nariz escorre, limpa com a manga direita da blusa. Ao ouvir ruídos no corredor, levanta-se e fecha a porta. Respira fundo. Deve se acalmar, não há mais o que fazer. Ao menos é o primeiro dia, desde o enterro de Janete, há pouco mais de uma semana, que ninguém enche o saco em casa. Não aguentava mais fingir o quão bem superaria os acontecimentos para os filhos, para a nora e até para a neta que, sem desgrudar do celular, fingiu preocupação na noite que lhe tocou dormir "na casa do vô". Teriam decidido por sorteio? Sentado no sofá da sala, Silas sente-se um pouco mais tranquilo. Agora pode relaxar. Agora pode chorar. E chora.

Mais tarde, sem prestar a menor atenção à televisão ligada há mais de duas horas – percebeu cenas de novelas e *closes* em apresentadores de jornais – decide conferir o estoque de bebidas no barzinho anexo à sala. Variedade de vinhos, uísques, vodcas e até cachaça. O arsenal de Janete; nada daquilo o agrada. Vai à cozinha e aposta no trivial, atacando as latinhas de cerveja. Não é exatamente o trivial, pois raramente ultrapassa a segunda lata. De cara, carrega três até a sala, não sem antes abastecer o freezer e demais compartimentos gelados com mais cervas. A noite será longa, prevê. Não foi. Antes de finalizar a terceira lata mantém os olhos abertos aos trancos e barrancos. Na tevê, o narrador perde tempo descrevendo o que é óbvio na tela: duas equipes de futebol, uma de verde, outra de branco. O placar aponta um a zero. Como assim? Silas sequer percebeu o gol. Tampouco pode discernir, no canto da tela, quem vence.

Ao recobrar os sentidos, percebe o sol escancarado pela janela e a baba dividida entre a barba e a almofada. O corpo dói inteiro.

Não tem – jamais teve – idade para dormir contorcido desse jeito. O programa televisivo comenta que o casal de atores, contradizendo as fotografias publicadas na internet, negou os rumores de namoro. "*Que merda*", comenta. Não se sabe ao certo se por conta da informação recebida, sobre sua inutilidade, por causa das dores ou pelo fedor de cerveja no sofá. Ou, quem sabe, pelo conjunto da obra.

Calmo, levanta-se e vai ao banheiro. Não tem pressa. Há anos não precisa trabalhar e agora não tem mais que se preocupar com o café da manhã para Janete. É estranho. Não parece bom. De banho tomado e dentes escovados, vestindo apenas roupão, confere a crítica situação da dispensa. Tem o necessário para as refeições de, no máximo, dois dias. Passando fome, três. A família ajudou nas compras mas, enquanto permaneceu ali, também ajudou no consumo. "*Ajuda de bosta*", pensa, com habitual mau humor matutino. Definida, portanto, a primeira obrigação do dia, talvez a única: mercado. Só depois do almoço, que a manhã não traz apenas mau humor, também uma bela preguiça acoplada.

O tempo passa, o almoço passa, a preguiça não. Ainda assim, temendo passar o que lhe resta da vida deitado no sofá, atravessa calçadas e ruas rumo ao mercado. Pouca gente, é dia de semana, hora de trabalho. De fato, durante as compras, é o único ser vivo por ali. Cadê os operadores de caixa? Cadê o rapaz do açougue? Alguém o atende, mas Silas não vê. Sozinho no mundo, os demais carrinhos rodam por conta própria. Na gôndola dos macarrões... Espera um pouco. Esse carrinho está acompanhado, parado em frente às marcas integrais. Aproxima-se aos poucos. Quem ousa invadir a viagem solitária? É uma mulher. Não é moça. Terceira idade. Quando estão a pouco mais de um metro um do outro, ela se vira e quer saber qual seria o mais gostoso. Silas sussurra "*Janete*", sem voz. Fecha os olhos, procura recuperar o ritmo da respiração. Em seguida, não há ninguém no corredor. Observa a gôndola de macarrões, todos os integrais são uma merda. O carrinho com pacotes de salgadinhos, caixinhas de leite e frutas é abandonado e Silas volta pra casa.

Os mantimentos da casa duram mais que o previsto, Silas pouco come. Cadê apetite? O único hábito mantido é o copo de vinho à noite, com a variação de acrescentar duas ou três taças a cada madrugada.

Neste dia, céu escuro, tevê desligada, nada de música, cansado de chorar, acaba a última garrafa de vinho. Apenas um copo. Parte para as cervejas. Duas latas e então a garrafa de vodca. Que se dane, se é pra encher a cara... Não tem que dirigir, não é mesmo? Se capotar roncando na sala, não será a primeira vez. O estômago enjoa. Sente-se mal. Aciona o aparelho de som e ecoam antigas músicas da Gal Gosta. CD da Janete. Silas solta um palavrão e deixa cair o copo, que se estilhaça no chão. Ou foi o contrário? Copo e depois xingamento? Não tem certeza.

Na cozinha, busca outro copo e aproveita pra trazer uísque. "*Não estou tão bêbado. Sei muito bem que preciso desviar dos cacos de vidro.*" Saber e poder são coisas diferentes e sente os pedaços do copo sob o chinelo. "*Assim escorrego*", analisa enquanto atira os chinelos para longe e senta-se no sofá. Canta "*meu bem, meu zem, meu mal*" derrubando parte do conteúdo do copo. Outro gole e se levanta. Janete gostava muito dessa música, talvez por isso esteja ali, naquele momento, dançando com Silas. Abraçam-se. Ela oferece e Silas aceita outra lata de cerveja. Pisa num caco. Caralho, por sorte é pequeno. Sangra pouco. O CD termina. Quem ainda ouve CD?

Liga a televisão e na tela surge intenso tiroteio. Em pouco tempo, Silas percebe que o rapaz busca vingar a morte do parceiro policial. Meia dúzia de inocentes são feridos ou têm seus carros destruídos pelo caminho, não tem importância. Não para o protagonista. Até subirem os créditos, Silas perde as contas dos assassinatos, tiros, socos, latas de cerveja e copos de vodca. Uísque não tomou mais. Quem sabe agora, que o filme acabou? Sabe por onde transitar, desviando de cacos estilhaçados. O sangue estancou faz tempo. Corte pequeno. Beber é pouco. Será que sobrou daquela maconha? Só de imaginar o cheiro, Silas vomita. Não é força de expressão. Agora, além dos cacos, os pés descalços precisam desviar daquela gosma evacuada das entranhas. Alguns salgados e Miojo. Tudo de volta à superfície.

Dá-lhe uísque, que a ida à cozinha não pode ser em vão. Silas calcula e percebe ter poucas chances de retornar ao centro da sala sem derrubar outro copo. Senta na banqueta e termina o destilado por ali mesmo. A noite, porém, não terminou. Vai longa. Planeja o trajeto até o sofá e, com passos cuidadosos, retorna ao seu canto. Veja só, não derrubou nenhuma das duas latinhas de cerveja. "*Sou muito foda.*" Entre uma cerva e outra, vodca. Direto da garrafa, pois os copos inteiros ficaram para trás. "*Acho que preciso de um gastro*", o estômago está estranho. Silas não entende. Onde Janete se meteu?

— Vem! Vamos dançar!

Cerveja acaba. Vodca no fim. Parece, não tem certeza, que uísque todavia sobra na cozinha. Onde, caramba, a mulher se meteu? Silas desliga a tevê e volta com a Gal. Quem sabe, assim, Janete perde a vergonha e volta a dançar. Qual seria o motivo, agora, dessa inibição?

— Você nunca foi disso, Janete.

Vai procurá-la no quarto. "*Safadinha*", pensa. Antes, passagem estratégica pela cozinha. Ela também vai querer um tantinho do uísque. O caminho demora. Parece que o apartamento aumentou ou será que a cozinha foi distanciada? Silas tarda a chegar. Está quase lá. Mais alguns passos, a bancada que a separa da sala. Muita calma, estômago, quase chegando. E quase chega. Cambaleante, faltando um passo, Silas desaba, a testa contra a quina da tal bancada. Dor do caralho na cabeça, a visão embaça. Permanecer deitado no chão, ai Deus, parece ótima alternativa. O sono pesando. Sensação estranha contra o rosto, abre os olhos com dificuldade. Não consegue levantar a cabeça mesmo sentindo o sangue derramado. Por que Janete não acode?

O sangue se mistura com lágrimas. Parece que vem mais vômito. Alarme falso. Silas apaga.

04

Acorda, Silas.

Acorda!

Ele não acorda.

05

Em uma das mãos, Carmen apoia o queixo enquanto rói a unha do dedo médio. Esse mesmo, tantas vezes utilizado contra o marido. A outra mão vira as páginas depois de lidas. Não perde tempo, o texto nas folhas é pouco. Trata-se do velho caderno de receitas, a maioria escrita à mão, copiada do livro de sua mãe ou anotada após a transmissão oral de amigas. Há também recortes da Cláudia. A revista, não a amiga. Aliás, nem tem amiga chamada Cláudia. Carmen procura a famosa torta de ervilhas, sempre sucesso na família, que pretende repetir no fim de semana, quando virão os amigos de Ricardinho.

Não simpatiza com a bagunça que fazem a tarde inteira, mas é melhor tê-lo em casa do que na rua fazendo *"sabe-se lá o quê"*. Tratando bem a turma, retornam para se divertir sob sua tutela. Jogos de tabuleiro são ótimos para mantê-los ocupados; Carmen prefere quando escolhem "Detetive", algo mais dedutivo e inteligente, não apenas simples conquista de países. Ricardinho costuma reclamar que ela faz o "War" parecer bruto, quando se trata apenas de estratégia. Que seja. Precisa encontrar a receita da maldita torta. Quando achar, deixará um marcador na folha correta para não repetir o sufoco.

— Achei!

Confere o relógio na parede. Aguardará mais cinco minutos; se ele não acordar, despejará água no rosto. Como pode dormir tanto? Tão profundamente. Não é coisa dele, deve ser efeito das bebidas de ontem. Mais cinco minutos, no máximo, ou perderá a hora do trabalho. O telefone toca e Carmen corre até a sala; ao atender, ouve a mãe brigar por ficarem tanto tempo sem conversar. "*É aquele traste que não te deixa? Ou vocês estão sem dinheiro pra pagar a conta? Já sei, os meninos estão dando muito gasto. Eu duvido que o Gerson termine a faculdade.*" Carmen sorri, pergunta como foi a semana, como está papai. Bom, a semana foi péssima, a coluna não melhora e a rinite não dá trégua. "*Teu pai? Pra ele tá tudo sempre ótimo! Leva a vida na flauta. Sou eu quem precisa encarar os problemas de frente, você sabe como são as coisas por aqui.*" Ela sabe, fecha os olhos. Lembra-se da hora. Os cinco minutos se passaram e não encontra chance de pausar a conversa. Ou melhor, o monólogo. Cogita deixar o fone sobre a mesa, acordá-lo e depois retornar. Não tardaria mais que um ou dois minutos e a mãe sequer notaria.

De repente, ruídos no quarto. "*Graças a Deus*", pensa Carmen, ouvindo mais aliviada sobre o quanto o Sarney era um grandecíssimo filho da mãe, pois a ela não enganava coisa nenhuma.

— Mãe, sabe o que é, preciso fazer o café da manhã.

— Aquele traste não levantou ainda? Pois então ele que se vire com o café!

Carmen pressiona a testa com a mão livre, não seria nada bom iniciar o dia com dor de cabeça. Deixa-a falar um pouco mais. Novos ruídos do quarto. Esse homem não sai nunca? Assusta-se com a porta aberta de supetão. O marido dá apenas um passo quarto afora. Parece assustado. Carmen estranha os olhos arregalados e cobre o bocal do telefone. Está tudo bem? Sem resposta, emenda que se atrasará para o trabalho. Nenhuma fala, o homem só devolve o olhar confuso. Dá alguns passos pela sala, observa atentamente o ambiente. Parece conferir o estado em que se encontram os móveis. Finalmente Carmen desliga o telefone. Preocupa-se com o marido; por mais esquisito que seja, está se superando.

— Silas!

— Carmen?

Ela franze o cenho; Silas meneia a cabeça, sim, está tudo bem.

— Meu Deus! É vômito em teu pijama? Eu disse que estava bebendo demais ontem à noite! Você não está acostumado. Teimoso como uma mula, você! Agora quem vai limpar a sujeira? Você que não é, né? Tira isso, se troca! Vamos tomar café rapidinho que você já tá atrasado!

Silas dirige-se ao banheiro – sabe onde é, conhece a casa –, retira a camiseta suja e fixa-se no espelho. Joga água nos escombros de vômito sobre o peito e se limpa, olhos fixos na imagem refletida. O cabelo está desgrenhado, mas não é isso que chama a atenção, afinal acabou de acordar. Não são as olheiras. É tudo junto e um pouco mais. É a saúde que exala de dentro de si. É a imagem que observa. Cara pelada, nenhuma barba, nem mesmo cavanhaque, sequer um bigodinho. E jovem. Não tem mais setenta e um anos, pelo contrário, parece que a casa dos septuagenários está distante. Lá fora, era Carmen ao telefone. A ex-esposa, igualmente mais jovem do que a última vez que a viu. Aliás, da vez anterior também brigara com ele. Sempre briga. "*Ou muito me engano ou esta é a casa onde vivemos casados.*" Sabe não estar enganado porra nenhuma. Embora sinta a saúde renovada, o coração discorda e dispara. Bum bum bum bum!

— O café tá pronto! — ouve Carmen gritar e, em seguida, murmurar que, se quiser se atrasar, não está nem aí, não é sua mãe nem babá. Claro, o volume do murmúrio é suficiente para garantir a chegada aos ouvidos. Silas abaixa os *shorts* do pijama e senta no vaso. Nada de dor de barriga, apenas vontade de clarear as ideias. Talvez algo caia privada abaixo, nunca se sabe. Passados cinco minutos, nada acontece, nem na cabeça nem no vaso. Apenas de *shorts*, retorna à sala e entra na cozinha, onde Carmen saboreia, de cara amarrada, a xícara de café. Recomenda uma ligação ao trabalho para avisar do atraso. Silas senta-se, observa a ex-esposa, e também se serve. Ela fica curiosa com a cara estranha, "*está passando mal?*".

— Melhor não trabalhar. Realmente não me sinto bem — e em seguida ouve ser isso o que acontece por encher a cara de uísque.

— Sei que misturou com cerveja, vi dois cascos vazios, como pode? — irrita-se a esposa. — Nunca me acompanha pra beber, aí chega em casa com cara de bosta e encharca a fuça de pinga — observam-se com sentimentos indefinidos. Sentem-se aturdidos. — Você está mal mesmo, não é? Desculpa, vou ver algum remédio e você fica descansando. É que a mamãe telefonou logo cedo e, você sabe, ela me tira do sério. Pelo menos liga pro pessoal avisando que não vai trabalhar. Depois descansa. Vou ver os lençóis da cama, devem estar sujos.

De fato, o mais sensato no momento é não fazer nada. Até entender o que ocorre ou, pelo menos, melhor noção de onde pisa. Sonho? Viagem no tempo? O Super-Homem deu tantas voltas ao redor da Terra que os acontecimentos regressaram?

Seja o que for, Silas por enquanto tateia. Tem poucas pistas: casado novamente com Carmen, vivem na mesma casa de antes. Ambos estão jovens. Bem, pelo menos não tão velhos. Calcula entre trinta e quarenta anos. É bom sentir a forma física renovada. Os filhos? Certamente naquele período já teriam nascido, pelo menos Gerson. Silas sente o calafrio na espinha: existiriam os filhos naquela realidade alternativa? É disso que se trata, afinal, existência paralela? Respostas zero. Tenta relembrar os locais onde trabalhou. Foram vários, em diferentes épocas. Onde daria o suor de seu rosto neste momento? Carmen repete que, se ele não telefonar, ela mesma o fará.

— Tô com a cabeça confusa. Acredita que esqueci o número?

— Grande coisa, sempre esquece. Procura aí na agenda — responde a esposa lá do quarto, onde troca os lençóis da cama.

Agenda? Silas observa o telefone, de modelo antigo e bem conservado. Não é preciso girar nenhum discador, basta acionar as teclas. "*Ao menos não estou na pré-história*", pensa enquanto observa a pequena caderneta ao lado do aparelho. Confere a agenda telefônica e recupera a gostosa sensação de vasculhar as páginas com os dedos. Nada de lista eletrônica em aparelho celular. Graças a Deus! Não sofre de qualquer "nostalgia da modernidade". Silas gosta do termo, acredita ser o nome de música ou disco de um roqueiro barulhento. O nome é bom. "Nostalgia da modernidade".

Percorre a agenda e não encontra qualquer indicação de qual seria o atual emprego. Carmen atravessa a sala e entra na cozinha com os lençóis embolados nas mãos. De soslaio, Silas a observa e presume que irá à área de serviço, atravessando a cozinha. Claro, se neste sonho a casa for exatamente tal qual décadas antes.

Seria isso então? Um sonho. Se tiver sorte, daqui a pouco acorda. Até lá...

Inútil, não reconhece nomes ou empresas marcadas na agenda. As poucas anotações que distingue não se referem a locais onde teve o esforço explorado. Resmunga algo incompreensível e vai à cozinha. Carmen está na mesa.

— Vem, toma mais um pouco de café.

Isso mesmo, a área de serviço está ali, do outro lado.

— Telefonou? — Silas confirma com a cabeça. — Falou com a Cleide ou com o Rogério? — Silas pigarreia, olha pra baixo e responde que "*sim, isso mesmo*".

— Oi?

— Isso mesmo.

— Isso mesmo o quê? Falou com quem?

— O Rogério.

— E ele aceitou numa boa?

Silas confirma e Carmen demonstra surpresa. "*Sorte tua, deve estar de bom humor*", comenta ao servir a xícara do marido, que agradece e observa a decoração, os móveis, os aparelhos. Lembra-se de tudo. Faz tempo. Tenta se controlar, a esposa o observa de modo estranho. "*Que dia é hoje?*", pergunta; "*Sexta-feira*", responde; "*Merda de resposta*", pensa; "*E os meninos?*", arrisca. Carmen o contempla com a xícara na mão e escorre um sorriso irônico pelo canto do rosto. Até que enfim o pai demonstra interesse pelos filhos! Informa que Ricardinho tem problemas em Química, como sempre. No sábado virão uns amigos para se reunir em casa.

— Em que série ele está mesmo?

— Não exagera, meu amor. Quanto ao Gerson, você sabe muito bem como andam as coisas.

É o tipo de mensagem enigmática da qual ele menos precisa no momento.

Carmen larga no prato a metade do pão com manteiga e levanta-se em direção à sala. Essa mulher não para? Silas não recordava que fosse tão inquieta. Tem zonzeira só de vê-la de um lugar para o outro. Pensa nos filhos. Estarão mais jovens também? Para ele, sempre foram crianças. O problema é que ultimamente eram crianças envelhecidas, sérias, cheias de questões "adultas". Gerson em constante estresse por conta do trabalho, dois empregos para manter a faculdade da filha e o cartão de crédito da esposa que, por sua vez, não para em serviço algum, culpando patrões exploradores e/ou sexistas. E Ricardo, bem, sempre fechado, em constante mau humor. Pensando bem, Silas sabe pouco sobre ele. Sabe pouco sobre ambos. Era gostosa a infância dos moleques, unidos e papeando sobre tudo. Assim seguiram adolescência afora até o contato diminuir com os anos. E diminuiu, diminuiu... Até esmorecer e por pouco não se tornaram estranhos. "*Culpa deles*", pensa Silas, escondendo num recanto a culpa que também lhe cabe.

Do nada, Carmen reaparece. Para Silas, a esposa contraiu qualquer disfunção nas pernas ou no traseiro que não a permite ficar quieta num canto. Deixa o jornal sobre a mesa; está o marido tão mal que sequer lerá as notícias do dia? Questiona também se deseja geleia no pão, mas ele só tem olhos para a capa da *Folha de S.Paulo.* Desdobra atentamente. "Polícia abate sequestrador do 737", diz a manchete principal. Parece algo épico e terrorista. Silas não se recorda de nada assim. Atento, constata que a "inflação em alta atinge os 24,01%". Isso sim é que é escalada de preços, assusta-se. Os táxis ficarão 48% mais caros! No esporte, a seleção brasileira de vôlei perde para os Estados Unidos e disputará a medalha de bronze. Certamente o técnico não era o Bernardinho. Qual torneio? Olimpíadas de Seul, na Coreia do Sul, de 1988. Mil novecentos e oitenta e oito?!?

Silas engasga com o café, derrubando um tanto sobre a folha. "*Pelo amor de Deus, homem! O que tem hoje?*", reclama a esposa, paciência por um fio. Ainda assim, levanta-se e lhe dá tapinhas nas costas. Carmen sempre achou que isso resolvesse. Nunca funcionou, pelo contrário. Ele agradece e procura se recompor, enquanto observa assustado a pessoa à sua frente, que corresponde à ex-esposa trinta anos mais nova. "*Eu tenho quarenta e um anos?*", surpreende-se, descuidado, em voz alta. Carmen desdenha enfadonha e, mais uma vez, sai da cozinha, comentando que vai cuidar da vida, pois está perdendo a paciência com tanta bobagem. Silas confere a data da Folha: 30 de setembro de 1988. "*Putaqueopariu*", constata.

Deixa o jornal sobre a mesa e perde alguns minutos raciocinando. Bem, raciocinando não, a mente mostra-se confusa e cansada. Desiste. Deixará os acontecimentos ditarem os rumos de seus atos, o solo onde pisa é inseguro. Retorna à manchete do dia: o Boeing 737-300, da companhia aérea Vasp, foi sequestrado por um homem desempregado. Teria a intenção de derrubar o avião sobre o Palácio do Planalto. Pretendia matar o presidente... José Sarney. Parece tão "onze de setembro", aquele de 2001, com o ataque às torres gêmeas e a tentativa de atingir a Casa Branca. Teríamos sido precursores nesse tipo de insanidade? "*Pena que o rapaz falhou*", ironiza Silas. Em sua atitude desesperada e, sim, idiota, acabou morrendo e não presenciará os próximos trinta anos. Por outro lado, o seu alvo...

Deixa pra lá. Ao menos Silas descobriu sua posição no tempo e, vagamente, no espaço. A casa fica em Santana, zona norte de São Paulo. Isso se recorda sem explorar o exterior. O problema é que segue sem recordar em qual empresa trabalha. Passou por três escritórios de engenharia quando casado, mas não faz ideia de qual era em 1988. "*Que saco*", reflete. Indagar Carmen seria zombar de sua cara.

Silas permanece lendo o jornal. Boa parte das notícias não lhe faz sentido; outras, parecem tão atuais quanto em 2018. Levanta-se para mais café, mas titubeia. Pensa no estômago. *"Que se dane, tenho a saúde de um quarentão. Um jovem quarentão!"* Com outra xícara abastecida, decide assistir televisão na sala. Na TV Manchete, uma Angélica incrivelmente infantil, com blusa recheada de ombreiras, canta que "*você vai então aparecer como mágica no ar*". Seria um recado espírita? Bobagem. A Globo anuncia TV Pirata para a próxima terça. Silas gostava. Regina Casé em horário nobre e Guilherme Karan vivo. Ainda havia "horário nobre" na tevê. Trinta anos fazem um estrago e tanto.

— Vai passar o dia inteiro de pijama? — Se vai embolorar em casa, Carmen sugere que, ao menos, troque de roupa. Bate saudade em Silas de morar sozinho, o que, na verdade, todavia sequer ocorreu. Levanta-se e, no dormitório, constata que três quartos do guarda-roupa são dotados de vestes femininas. Precisa escolher entre as poucas opções que lhe sobram. Enquanto busca algo confortável, ouve o telefone tocar, dando "*graças a Deus*" por não estar na sala. Ela que atenda. Apesar de poucas, as roupas parecem boas e confortáveis. Provavelmente a maioria foi escolhida e comprada por Carmen. Escolhe uma camiseta com estampas geométricas e, apesar do calor, uma calça jeans. Os *shorts* são ridiculamente curtos. Não tem mais idade pra isso, seja com setenta ou quarenta. Ao retornar para a sala, encara os olhos enfezados da esposa.

— Você não disse que ligou para o escritório?

Danou-se. Deviam ser eles no telefone. A esposa prossegue:

— Querido, o que está acontecendo? Você acordou estranho. É apenas mal-estar físico ou aconteceu algo no trabalho que você não quer contar?

— Não é nada disso, amor.

— Não chegou a vomitar teu cérebro, foi?

Puxa, estava tão carinhosa.

— Olha, não tem nada. Acordei indisposto e não quero trabalhar. Tenho direito a faltar uma vez na vida, não tenho? Além do mais, não suporto mais aquele pessoal. Tô de saco cheio de trabalhar com esse povo.

— Silas! Você sempre falou bem do Cardoso. Definitivamente, não estou te entendendo. Quando quiser conversar, estou por aqui.

Sempre falou bem? Silas não lembra. Aliás, em sua cabeça, jamais gostou de nenhum dos locais onde trabalhara. Não a ponto de rasgar elogios. A memória prega peças, filhadamãe. O dia começa a cansar. Fica assistindo desenhos animados no sofá da sala. De Pica-Pau à Caverna do Dragão, passando por He-Man. Tédio.

Quando a fome recomeça a dar o ar da graça, ouve a porta de entrada se abrindo. Levanta-se para conferir quem chega. É Ricardinho. Um adolescente. Quantos anos terá? Talvez quinze, no máximo dezessete. Silas o observa jogar a mochila em um canto e o coração dispara. É um menino, não tem problemas com dívidas ou ex-namoradas neuróticas. Não é aquele homem frio, que chega sempre atrasado e não disfarça a insatisfação ao receber telefonemas. Aquele é seu caçula, o moleque que gosta de jogar futebol e ouvir rock ruim. Que saudade. "*Que saudade do caralho do meu filho.*"

Ricardinho passa reto por Silas, resmungando algo parecido com "*tudo bem, pai?*", mal olha para os lados e avança rumo à cozinha, pois está "*com fome pacas*". Mastigando uma banana, volta até a passagem da cozinha e percebe o olhar fixo de seu velho. "*Que foi?*" Silas não responde e por alguns segundos pupilas de pai e filho estão conectadas. O menino percebe, num estalo, o motivo da conectividade. Claro que percebe! Silas sabe que há momentos nos quais o sangue pulsa mais forte. A conexão familiar – seja umbilical, seja mental, seja como seja – traz à tona, ainda que de modo inconsciente, os sentimentos exacerbados do coração. Não é preciso palavras. Não são necessárias explicações. O coração adolescente já se tocou. Silas tem plena consciência que o filho acaba de tomar pé da situação inusitada na qual se encontram. Sempre foi um garoto esperto. Sensível, conectado ao pai, pelo menos na adolescência. O velho sente os olhos marejados e esboça o tímido sorriso; quer falar mas a nostálgica imagem do garoto turba sua garganta. Parece haver reciprocidade, formando-se o estranho nó no estômago do rapaz.

— Pai? — assusta-se Ricardinho. — Cadê a mãe? Pelo amor de Deus, aconteceu algo com a mãe?

Desesperado, o jovem corre aos dormitórios. Dá de cara com Carmen, abraçando-a.

— Que aconteceu, menino?

— O pai tá com olhar estranho na sala, parecia que ia chorar. Pensei que você tivesse morrido!

De volta à sala, encontram Silas com os olhos avermelhados, recém-enxugados. Carmen esclarece que o pai não se sente bem, inclusive precisou faltar ao trabalho, mas não é nada demais. "*Vai pro quarto. Daqui a pouco te chamo para o almoço.*" Assim que o menino se retira, dirige-se para Silas que, com toda razão, prevê tomar uma espinafrada. A esposa, um tanto receosa e outro tanto de saco cheio, mostra-se curiosa em descobrir *"que merda, afinal, você tem?"*, ao que Silas apenas dá de ombros, na falta de melhor comunicação verbal. Ela começa a temer suas atitudes, *"como pode mudar tanto de um dia para o outro?"* Se precisar, que marque um médico. Clínico geral, cardiologista ou psiquiatra, sabe-se lá! Adverte-o, ou melhor, pede, ou melhor, suplica que durante o almoço não faça nada mais de estranho. O coitado do Ricardinho já teve susto suficiente por um dia.

— A gente não vai esperar o Gerson?

— Cala a boca, Silas! Caramba! Acho melhor você não soltar nem mais um pio enquanto comemos! Se continuar assim, hoje você dorme no Valdir!

A primeira reação de Silas é pensar quem, pombas, seria Valdir. A segunda gela o coração. Por que tamanha braveza com a pergunta? Teria perdido o filho mais velho neste mundo paralelo? Se é um sonho, as emoções estão demasiadamente conflitantes e dolorosas. Estaria o primogênito, Deus o livre, morto ou adoentado num hospital? Ou preso?? Ou simplesmente viajando? Entre comentários vagos e interpelações receosas, descobre durante o almoço que Gerson está, claro, trabalhando e só chegaria após a faculdade. Apesar dos cuidados, não evitou olhares raivosos de Carmen. Tomara que o tal Valdir seja um cara legal.

No meio da tarde, quando a ameaça de dormir fora de casa parece eliminada ou ao menos amenizada, Carmen pede-lhe para aproveitar a inesperada folga e a "*cara melhorzinha*" para ir até a ótica revelar as fotografias. Continua na bolsa o rolo de trinta e seis poses com os registros do passeio no Parque Ibirapuera e da festa de aniversário da Elvira.

— Faz dois meses e até agora não vimos como ficaram as fotos no salão. Ela me cobrou semana passada. Deixa o filme e na segunda-feira eu mesma passo pra buscar. Apenas confirma em qual horário posso ir. Ah! Por favor, na volta passa na padaria e traz uma caixa de ovos e uma lata de ervilhas pra eu fazer amanhã a torta pros amigos do Ricardo.

Sair de casa é uma boa ideia. Ar puro.

Ao volante do Ford Escort, sente-se bem. O carro lhe traz boas lembranças e é bom sentir, mais uma vez, as mãos firmes no volante com a atenção e os reflexos aguçados. Mesmo sem admitir, após os sessenta os reflexos já não eram aquelas coisas. No painel, o rádio tem acoplado o reprodutor de fita cassete. Bons tempos. Do porta--luvas, onde há três fitas jogadas, escolhe Elba Ramalho, *Alegria*. Na capa, ela parece ter menos seios que no futuro. Não é de se duvidar. Em 1988, tampouco havia sido abduzida. Mas que músicas! Cantarolando as canções de modo desafinado, Silas desbrava as ruas de Santana, ao final da década de oitenta. Sente-se em casa. Agora sim. Poucos têm o privilégio de retornar aos "bons tempos aqueles". Saudosa familiaridade com as placas amarelas nos carros. Onde fica a ótica? Não tem ideia e tampouco poderia sondar Carmen. Aproveitará o passeio e, caso não a encontre num lance de sorte, pedirá informações em qualquer posto de gasolina ou banca de jornal. Os melhores pontos para gente perdida, certas coisas nunca mudam.

Caravan, Fusca, Parati, Corcel, Chevete... Um carro mais feio que o outro e, ao mesmo tempo, trazendo-lhe o gostoso saudosismo. Saudosismo do tempo atual. Isso é que é paradoxo. No trajeto, inundação de outdoors, inclusive de marcas de cigarros. Silas não sente que voltou no tempo, mas sim transportou-se a outro país. Outra cultura. A cabeça zonzeia novamente. Será efeito do sonho? Ou ressaca? Desiste de rodar a esmo e avista a banca de jornal na esquina, do outro lado da avenida.

Estaciona o carro na rua transversal, tranca a porta com a chave e, quando se dirige ao semáforo, é abordado por um rapaz de prancheta a tiracolo. Boné de cores estridentes e olhos levemente estrábicos, Silas teria um minutinho? "Tenho trinta anos", responde para a incompreensão do rapaz, que ignora o gracejo e gostaria de fazer uma rápida pesquisa para o instituto de opinião. *"Então vocês existem mesmo?"* O estrábico, nada. Não parece de bom humor. Considera, enfadado, que a piadinha tosca confirma a intenção de Silas em responder qualquer coisa. Pesquisa eleitoral, anuncia.

— Para quem o senhor pretende confiar o voto nas eleições para Prefeito de São Paulo? Paulo Maluf, João Leiva ou Luiza Erundina?

Silas suspira, observa o rapaz. Desde aquela época, a incessante pendenga "direita contra esquerda", "esquerda *versus* direita". Ainda era, naqueles tempos, uma disputa ideológica e não o embate irracional que se tornou no decorrer dos anos. Tornou-se briga de torcidas. E das mais desqualificadas torcidas "organizadas" de futebol. Pelo bem da sociedade? Pelo bem de sociopatas.

Silas renova o suspiro. Política brasileira. Desde mil novecentos e branco e preto oferecendo um extenso leque de boas opções.

À noite, Silas assiste televisão recostado no sofá da sala. Todos já jantaram e os filhos estão em seus respectivos quartos. Gerson também estranhou o efusivo – e pouco usual – abraço recebido do pai ao chegar da faculdade. Carmen já chamou o marido duas vezes para a cama: *"Se quer ver tevê, vem aqui"*. O marido retrucou preferir um tempo mais na sala, pois o estômago está pesado e deitar-se pode piorar a situação. O leitor atento estranhará a escolha de tal justificativa, uma vez que Silas a utilizou praticamente deitado no sofá. Ele, porém, ignorou a incongruência, como também passou ignorada a diminuta camisola que a esposa usava ao chamá-lo pela segunda vez. Acordou estranho e vai dormir estranho, é a conclusão de Carmen.

Luzes apagadas, a claridade da tela impede a total escuridão sobre Silas, de olhos fixos em seus pensamentos. Ignora as imagens que surgem à sua frente. Teme dormir. Bate saudade de Janete. Como será o dia seguinte? Quem será ao acordar? O pai de família quarentão? O septuagenário que mal sobrevive com a perda da companheira? O estômago incomoda. Mesmo em 1988, sente falta da futura companheira. Vale a pena reviver os trinta anos que vêm pela frente sabendo que só ao final, e por poucos anos, a terá ao lado? Compensa retomar a vida, estranhamente interrompida, sabendo que Janete não se encontra mais no mundo?

Pouco adianta, na verdade, escolher qualquer alternativa, pois o futuro não depende da própria vontade. De qualquer modo, não saberia o que decidir. Teme o que ocorrerá ao cair no sono. Não seria um estranho pesadelo? As pálpebras pesam. Silas troca de canais, tentando manter a atenção em qualquer coisa. Assim que define a emissora, reproduzindo um filme repleto de tiros, explosões e socos, dorme profundamente.

06

O dia amanhece, a vida tem seu curso normal. Em 1988. Sábado de sol, Silas caminha pelo bairro, buscando reconhecer os locais e, de estranha maneira, tem familiaridade com comércios e residências ao mesmo tempo em que os percebe em distantes lembranças. Nalgum momento deverá passar pela padaria e levar pães e outros itens descritos na listinha manuscrita de Carmen; lista um tanto extensa para quem, no dia anterior, já havia solicitado passagem pela padoca. Não reclamou, claro, sequer titubeou; precisa recuperar pontos com a esposa, a cada momento mais furiosa.

Culpa dele, mas que poderia fazer?

Na cama, sonolento, em sonhos dos quais não se recorda, sentiu o corpo feminino colar-se ao seu. Janete veio à mente. Adormecida e confusa, a mente; cheirosa e carnal, Janete. Ao recobrar a consciência, deu de cara com Carmen. Soltou o grito assustado e deixou a esposa um tanto constrangida, outro tanto enfurecida. Mais enfurecida que constrangida. O segundo dia começava mal.

Na rua, com o sol aquecendo a pele, reconhece o restaurante preferido. Vontade de apresentá-lo a Janete. Só que… Merda… Pontada no peito.

A mesma pontada, por ironia, o fez perceber quão bem se sentia fisicamente. Saúde de ferro! Há tempos não caminhava tantos quarteirões sem o pulmão pedir arreio. Arrisca acelerar os passos, dois, três quarteirões. Pernas firmes. O cansaço anuncia os primeiros sinais, nada parecido com o que ocorreria uma semana antes. Ou trinta anos depois. Perna direita, perna esquerda, pé direito, pé esquerdo. A pontada no peito é esquecida e, feliz da vida, chega de volta à casa. Esqueceu a padaria. Merda, o fôlego precisará aguentar um pouco mais.

Com todos os ingredientes comprados, a torta de ervilhas confirma o esperado sucesso. Ao final da tarde, Silas observa discretamente Ricardinho e amigos jogando "War". Em disputa consigo mesmo, tenta recordar o nome de cada garoto. Sem chance. Eles discutem e xingam, a peleja pela conquista de mais e mais países é levada a sério. Ao lado da mesa onde disposto o tabuleiro, diversos LPs espalhados pelo chão, nas respectivas capas. Após muita porcaria, ouvem Roger, do Ultraje a Rigor, espernear que está "*nu, com a mão no bolso*". Do Ultraje gosta, são divertidos.

Aproxima-se em lentos passos e estaciona ao lado da molecada. Os amigos, de maneira discreta, entreolham-se e seguem jogando com forçada naturalidade. Silas sorri enternecido, para angústia e constrangimento de Ricardo. "*Quié pai?*", ao que ele responde "*nada*". Está tudo bem? Claro! Silêncio ao redor do tabuleiro. Léo, caçula da turma, deixa o exército de lado e observa, confuso, o sorriso do "tio". Adulto é um povo estranho: às vezes age como a gente, crianças de calças compridas. Quando Léo ia sugerir se não prefeririam jogar bola na rua, Silas descruza os braços, gesticula um "*bem, é isso*" e completa, verbalmente, que deixará a turma divertir-se sozinha, sem a companhia constrangedora do velho. Os meninos arriscam uns "*quiéisso, Seu Silas*", "*que nada, pode ficar*" e "*não tem nada, não*"; ninguém tem coragem, claro, de soltar tais mentiras encarando-o. Silas quase acredita na sinceridade adolescente, mas ratifica a saída ao perceber o outro filho passar do quarto à cozinha.

— Gerson! Preciso falar com você.

O rapaz prepara lanches de mortadela e margarina enquanto ouve o pai comentar que deveriam aproveitar mais o tempo juntos. Estreitar a relação pai-e-filho.

— Por quê?

Silas não sabe. Precisa de motivo? Família é o laço sagrado que mantemos uns com os outros, oras! Que tal um cinema? Ou teatro? Sabe que o filho não gosta, mas talvez encontrem qualquer peça interessante. Vai ter jogo amanhã no Pacaembu?

— Olha pai, a ideia até que é legal — Gerson responde intercalando mastigadas no sanduíche no pão francês. —, mas eu tô enrolado com a faculdade. Quero tirar o domingo pra estudar e destrinchar uns projetos que precisamos entregar até o fim do ano. Então não sei como serão também os próximos finais de semana.

Constatando a decepção nos olhos do velho, emenda que podem alugar um filme de aventura e assistir no domingo à noite, "*não muito tarde, que depois é segunda-feira braba*". O pai comenta "*tudo bem, vamos ver*", mas não era isso o que tinha em mente, ficarem todos na tevê. Quer interação, de preferência fora de casa. Quer viver. O mais rápido possível, pois não sabe por quanto tempo continuará revivendo essa fase da vida. Aliás, precisa visitar os pais. Saudade dos velhos. Beliscar a famosa torta de espinafre da Dona Vilma.

Passa a mão nos cabelos do filho, solta um "*deixa pra lá, depois a gente vê*" e se recolhe ao quarto para um banho quente. Não sem antes observar – de longe – Ricardinho discutir ataques e contra-ataques com os amigos.

À noite, durante o jantar, Carmen está preocupada com mais uma saída do filho mais novo. Aonde vão? Quem vai junto? Que horas pretendem voltar? Vai ter bebida? Com cara de enfado, o adolescente procura acalmar a mãe como, aliás, acontece todo final de semana. Desta vez, para seu azar, há um ingrediente novo: o pai.

— Se você não chegar muito tarde, Ricardo, podemos passear no Ibirapuera amanhã, que acha?

Acha uma porcaria. De onde o velho tirou isso? Passear no parque com o pai?

— Adorei a ideia, Silas! Um piquenique em família.

E com a mãe? Nem f...

— Ah, sei lá. Não tô muito com vontade, não. O pessoal tá querendo ir na casa do Hajime amanhã de tarde pra escutar uns discos e jogar pebolim.

Pois que sejamos apenas os três, contemporiza Carmen. Em seguida, o marido esclarece que Gerson já declinara do convite, por conta dos estudos. "*Pois que sejamos nós dois. Faz tempo que não fazemos um passeio romântico.*" Silas larga os talheres e limpa a boca. Olha a travessa de batatas e finge pensar em algo. Está raivoso, queria passear com os filhos. Desvia o olhar e fita a esposa, sorrindo. Não tem culpa. Pelo menos ele terá o passeio ao ar livre no parque Ibirapuera, local onde passara tantos momentos divertidos e agradáveis, seja com família, amigos ou namoradinhas. Poderiam alugar bicicletas. Teria condições de andar de *bike* aos quarenta? Que diacho, vamos arriscar!

Eis que a esposa dá um gritinho de susto. Acaba de lembrar: "*A mamãe ficou de passar aqui amanhã, depois do almoço.*" Não dera um motivo em especial, mas Carmen tem certeza que pretende retomar as quatro ou cinco vasilhas de Tupperware que ficaram consigo.

— Que saco! — Silas levanta-se de maneira abrupta, assustando filhos e incomodando esposa.

— Não fala assim! É a mamãe! Ela gosta tanto de você — e Carmen completa que podem ir ao parque na semana seguinte. Ela tem certeza que o Ibirapuera continuará no mesmo local e aberto ao público. O ruído da porta do quarto batendo com violência abrevia o jantar, deixando mãe e filhos com a desagradável sensação de incômodo e estranheza. Nos olhos de Carmen, a inquietação, "*que está acontecendo?*". Cabisbaixo, Gerson tampouco entende a desproporcional reação do pai, sempre tão comedido. Ricardinho, de cara surpresa, pensa apenas em Nanda, se estará ou não na festinha da noite.

O estômago não está bom. Ou seria a cabeça? Zonzeira. Torpor. Certos fatos não parecem claros no cérebro, enquanto outros perdem a certeza de outrora. Sensação ruim do cacete. É preciso mudar, definitivamente. Mas o quê? Para o quê? Para onde? Admitir a necessidade de ajuda é o primeiro passo. Começamos bem! Mudar o quê, afinal? Seguimos mal. A letargia não passa. Silas percebe, então, a inconsciência. Dorme? Desmaiado? De qualquer modo, o sono foi ruim. Se sonhou, foi pesadelo. Gosto azedo na boca. Vômito? Esforça-se para abrir os olhos, o torpor não permite. Força. A sensação desagradável não passa e Silas desiste. Quem sabe adormece. De repente, como se o corpo percebesse a desistência da peleja, chega o alívio. Físico e mente tranquilos, retoma aos poucos a consciência e, veja só, os músculos mostram-se descansados. Silas, sonolento, percebe que estava dormindo. Cama confortável. Acorda, mas não abre os olhos. Descanso gostoso. Franqueia o rosto de maneira lenta e, por alguns segundos, observa o teto branco. Reconhece o lustre... Sim, segue na tal realidade alternativa, no fim da década de 1980. Vira-se para o lado, ninguém na cama. Melhor.

O cheiro de café fresco o conduz até a cozinha, onde é recebido por Carmen.

— Bom dia, senhor esquisitão.

O sorriso da esposa parece sincero e ela, bem-humorada. Silas grunhe um "*momdia*" e senta-se à mesa. Ouve-a dizer que, se não quiser, não precisa ficar em casa à tarde, durante a visita da sogra. Sabe que o clima entre ambos não é bom e não vê motivos para forçar o ambiente. "*Vamos ver, não decidi o que farei*", murmura antes do prolongado bocejo. Faz décadas que não vê a sogra que, aliás, faleceu há um bom par de anos. Talvez seja interessante revê-la um pouco, embora, de fato, afinidade foi algo que jamais compartilharam. Tem um discreto susto ao perceber a mão de Gerson no ombro. O filho o cumprimenta com um beijo e acompanha os pais na mesa do desejum.

— Vamos ao parque? — sorri Gerson.

— Mudou de ideia?

— Terei a vida inteira pra me preocupar com trabalhos e projetos. Não vai ser ruim uma tarde no Ibira pra relaxar.

— Tua vó vai ficar fula — adverte Carmen.

— Ela vai ficar brava de qualquer jeito. Sempre arranja um motivo — replica o filho, esperando a resposta do pai.

Silas confirma, irão após o almoço. Gerson abocanha o pão com manteiga, "*Beleza!*", e serve-se de meia xícara de café. Silas emociona-se. Queria muito aquilo. Os olhos lacrimejam. Ao detectar o estranhamento nos rostos de esposa e filho, explica: "*não é nada, não, gente. É que eu ansiava tanto por passar uma tarde com meus filhos! Se o Ricardo não quer, pelo menos você*". Gerson franze os olhos, confuso, observando o pai. Carmen apenas constata: "esquisitão" jamais caiu tão bem em uma pessoa.

01

As roupas são discretamente mais estranhas. Não que sejam feias, jamais deu bola para moda, mas são, de fato, muito diferentes. Os *shorts* masculinos, mais curtos. Os femininos, mais compridos. E os cabelos? Ah, os cabelos. A gente só tem noção do ridículo de nossos penteados uma ou duas décadas depois.

Crianças, jovens, adultos e idosos caminham. Correm. Andam de bicicleta. Patins. Alguns de *skate*. E nenhum, absolutamente nenhum, carrega telefone. O jeito é conversarem uns com os outros. Os garotos trocam sorrisos marotos observando as meninas bicicletando. Casais empurram filhos menores em carrinhos.

Silas e Gerson contornam o enorme lago do parque Ibirapuera, atravessam a ponte e param no quiosque para saborear sorvetes. Seguem caminho, o pai com picolé de limão; o filho, de coco. Silas comenta, sem demonstrar interesse pelo assunto, que Gerson carrega uma interrogação no rosto. Falta coragem? Assunto constrangedor? Pois fique à vontade, estão a sós, genitor e herdeiro, o papo é de homem pra homem.

— Você é gay?

— Quiéisso, pai! — Gerson desvia o olhar e enrubesce. Ou melhor, roxeia.

— Calma, rapaz. Tô brincando. É que você ficou tão sério. Além do mais, hoje em dia tá tão normal.

— Não sei em que mundo você vive, pai. Isso não tem nada de normal.

O pai contorce a boca e levanta os ombros. "*Sei lá*", diz o corpo. Gerson resolve desembuchar e expor a angústia. Na verdade, quem tem que se explicar é ele: sempre tão sereno e tranquilo, qual o motivo dos recentes comportamentos?

— Que aconteceu, pai? Pode falar. É melhor se abrir comigo, a mãe já tá ficando nervosa e daqui a pouco começa a fazer besteira. Você conhece.

— É, eu lembro. Fica tranquilo, filho. Não é nada. Pareceu estranha a vontade de passear com vocês? Apenas tô cansado do trabalho. O pessoal tá pegando pesado no escritório.

— O trânsito não ajuda, né? Quanto tempo você tem levado pra chegar no trampo?

Silas percebe a chance de descobrir onde trabalha. Soltar informações evasivas para receber outras mais concretas. Comenta, sem melhores detalhes e com ar *blasé*, que perde muito tempo. Ouve, em tom interrogativo, se a Braz Leme fica engarrafada pela manhã. *"Ah, fica né!"* Será que fica? Não lembra, mas deve ficar. Qual rua paulistana não fica cheia em horário de ida ao trabalho? Se for avenida, pior. Braz Leme, ao que se recorda, é avenida. Certamente tal detalhe não mudara em trinta anos. Temos uma pista. Precisa percorrer a Braz Leme. Pra onde? Será que permanece pela zona norte ou atravessa a Marginal Tietê?

— Pelo menos você não pega a marginal, passa direto por cima.

Bingo! Procura imaginar, rápido e certeiro, o caminho sugestionado. Cruzando a marginal após a Braz Leme cai para os lados da Barra Funda. Trabalhou por ali? Não que se recorde. É a região do Terminal Rodoviário, do Memorial da América Latina. Já existiam em 1988? Silas não tem a menor ideia. Nessas horas, o Mr. Google faz falta.

— Perto do memorial o trânsito costuma piorar.

— Que memorial?

— Memorial?

— É, pai. Você falou perto do memorial. Que memorial você tá falando?

— Quem falou memorial?

— Você, pai!

— Eu quis dizer memória — Silas não gosta da cara desanimada de Gerson, finalizando o picolé. Explica: ao chegar na região da Barra Funda, a memória lhe traz boas recordações enquanto perde tempo no carro, com o lento tráfego. — Acho que me confundi ao falar — completa sorrindo e observando a reação do filho que, indiferente, comenta ser curto o trajeto da Barra Funda até Perdizes. Esse trecho, pelo menos, não deve ser demorado.

— Ah, não! Aí vai tranquilo. O trânsito fica melhor. Vou por dentro, evitando as avenidas — arrisca.

— Não pega a Sumaré?

Eita, que conversa chata! Silas sequer tem noção se, nesse trecho do caminho, está perto ou longe do trabalho. Questiona, como quem busca descobrir novas possibilidades, se deveria seguir pela avenida Sumaré. Ouve do filho que não conhece bem a região e, se o pai prefere evitar a avenida e seguir por ruas secundárias, deve ser melhor. "*E depois, você já tá em Perdizes. Fim de história. Hora de trampar*", sorri Gerson. Caso solucionado, labor em Perdizes. Com a agenda que possui em casa, não será difícil descobrir o endereço. Aos poucos, informações e lembranças vão se encaixando. Perdizes. Recorda-se da fachada da casa onde funcionava (ou funciona) o escritório. Lembra até do logotipo.

Animado e sentindo os pulmões em pleno vapor, Silas sugere uma corrida. Acelerar o passo, "*que esse negócio de caminhar já deu o que tinha que dar*". Simbora de *cooper*? "*Tem certeza?*", estranha Gerson. "*Deixa de ser mole!*", o pai acelera os passos. O filho o segue. Trotam de maneira vagarosa. Silas sente o prazer há muito adormecido em explorar o pulmão. Os músculos respondem satisfatoriamente.

— Pai, vamos com calma. Não vai aguentar muito nesse ritmo — adverte Gerson ao perceber os passos acelerados. O velho decide correr, o filho acompanha.

Cabelos pra trás, vento no rosto. Largas passadas, pés firmes. Acelera um pouco mais. "*Pai!*" Silas desembesta em frenesi de pura alegria. As árvores vão ficando pra trás cada vez mais rápido. As pessoas também. Como é gostoso, meu Deus! O cérebro em êxtase. Ou talvez falhando. Silas já não tem certeza. Confusão mental. Os pés não respondem como deveriam. Malditos. O ar... O ar tampouco chega tal qual fazia há poucos minutos. O passo em falso. O tornozelo sente. O corpo pende. Para manter o equilíbrio – ou a vã tentativa de fazê-lo – o dorso avança, as passadas ficam maiores, os braços abrem. Nada adianta.

O tombo espetacular e espalhafatoso é registrado pelos olhares curiosos e assustados no entorno. "*Pai, merda! Tá tudo bem?*" Deitado, barriga pra cima, apesar da cara de dor, Silas mostra o dedão positivo. O gesto vai dispersando o pequeno grupo de curiosos, entre aliviados e decepcionados. Nada de sangue. Em poucos segundos, apenas Gerson está ajoelhado ao lado, esperando o pai recuperar o fôlego e a segurança. Belo susto. O sol na cara ofusca a visão de Silas, que ouve o filho adverti-lo que não é mais garoto. Por acaso esqueceu que é quarentão?, provoca. Silas retribui o sorriso e confabula que pode estar mais moço mas, de fato, não é um garoto. Aos poucos, senta-se no asfalto do Ibira; o fôlego vai se normalizando, embora as dores não tenham a mesma complacência. Gerson fita-o com ironia.

Alguns passantes ainda observam curiosos. Um senhor para e pergunta se precisam de ajuda, querem que chame um médico? Gerson agradece, mas dispensa. O pai só precisa recuperar o fôlego. Silas sorri agradecido ao senhor, acompanhado da bela mulher. Que olhos ela tem! O casal afasta-se e a moça, antes da retirada, vira novamente o rosto a observá-lo. Parece preocupada. Gerson reitera que o pai logo estará bem. Silas, por sua vez, fixa-se vários segundos naquele olhar. Não é apenas belo, parece familiar. Parece amistoso. Parece carinhoso. Parece Janete. Procura, a qualquer custo, levantar-se. O coração dispara. As pernas fraquejam e o corpo retoma o solo. O filho assusta. "*Aquela mulher...*" Que tem ela? Você a conhece? Silas não sabe.

Constatada a inviabilidade física ou mental de qualquer ato, Silas entrega os pontos e senta-se, junto com o filho, num dos bancos do parque. Está chateado consigo, pelo papelão público e pela preocupação despertada em Gerson. Fora isso, sente-se melhor. A respiração está menos ofegante e a dor nos joelhos e nos braços diminuiu de modo considerável. O filho sorri, parece tranquilo. Avisa que precisa tirar água do joelho; o pai prefere continuar o descanso por ali. Depois, podem tomar uma cerveja enquanto assistem o pessoal do futebol.

— Fechado. Vou até o banheiro rapidinho e a gente assiste os pernas de pau. Vamos dar umas risadas.

Ao se perceber sozinho, Silas decide procurar Janete. Certamente era ela. Quem seria o desgraçado que a acompanhava? Marido não era, um aproveitador qualquer. Levanta-se e segue pelo asfalto. Observa com atenção todos os casais que ultrapassaram a casa dos trinta. "*Eu devia ter prestado atenção nas roupas.*" Domingo de calor, o parque está repleto. Acelera o passo, observando o maior número de pessoas possível. Arrisca um "*Janete!*", ninguém olha. A cada dez metros, grita o nome da futura companheira com resultados inócuos. A única resposta que chega, enraivecida, é do filho, por trás, curioso para saber "*que merda está acontecendo*".

No carro, Gerson ao volante, permanecem em silêncio por quase todo o trajeto. Carmen estranhará o retorno antecipado. De soslaio, vez ou outra Silas contempla o filho, que não disfarça a irritação. Melhor não falar nada. Os pensamentos são pura efervescência e convergem para o mesmo objetivo: encontrar Janete.

08

Uma das explicações pode ser o intenso calor daqueles dias, otimizado pela pouca umidade. Ele nunca faltara e, normalmente, era bem-humorado, cumprimentando todos pelo nome. Fran o observa de longe, através dos vidros das divisórias, encostada no bebedor, xicrinha de café nas mãos. Além de dar o cano na sexta-feira, chegara de manhã com essa cara esquisita. Mal retribuiu o generoso sorriso. Decide pela abordagem direta e vai até a porta do cubículo nomeado de escritório.

— Tudo bem, Silas?

— Como? Ah, sim! Claro. Não estive bem, algum troço no estômago, creio que foi só uma indisposição. Qualquer porcaria que comi. E você? Está tudo bem?

— Agora estou melhor — e tome sorriso caprichado! — Se precisar de mim, sabe onde me encontrar — a nada discreta piscada encerra o curto diálogo.

Silas a observa ir. Como era seu nome? Cleide? Neide? Complicado o dia. Há anos não sentia a angústia das segundas-feiras. Por outro lado, é bom rever planilhas, orçamentos e cálculos. Sentir-se útil mais uma vez. O contratempo é não ter a menor ideia dos projetos em sua mesa, precisará de paciência para decifrá-los desde o início. Quem são os clientes? Pior: quem são as pessoas com quem trabalha? Recorda-se, vagamente, de certos rostos. Da maioria, nem isso. Os nomes, então! Como é que se chama esse povo? São pelo menos uns dez colegas semidesconhecidos.

O tal Rogério deve ser o chefe. Ao descobrir que trabalha em Perdizes, não foi difícil encontrar o endereço na agenda de telefones. Achou os números, com as respectivas ruas e bairros, de dois serviços. Um marcava Perdizes e tinha, entre parêntesis, o nome Rogério. Era assim que Carmen assinalava na agendinha os responsáveis de cada local. Recordar o nome dos colegas, ao que parece, será tarefa mais complicada. E a garota da piscada? Sempre teve essa abertura com ela? Não se recorda. Por Deus, seria um caso? Será ela a pivô da separação? Teria Carmen razão nas acusações? Não. Silas sempre foi um tanto confuso com as memórias mas, definitivamente, recordaria um caso extraconjugal, ainda que distante no calendário.

Após suar a manhã inteira analisando projetos sobre a mesa, Silas aproveita o horário de almoço para ligações particulares. Enclausurado no escritório, finge preocupação com o serviço. Trouxe da recepção a lista telefônica; em tempos pré-internet, o grosso livro de páginas finíssimas com todos os números cadastrados na cidade. Ordem alfabética de sobrenomes. Busca na letra P o saudoso Pergolaro. Há sete registros. O coração dispara. Nenhum está em nome de Janete. São cinco homens e duas mulheres; desconhece as ruas relacionadas. Não poderia mesmo ser tão fácil, mas é apenas o passo inaugural. Disca o primeiro número e chama por Janete. Quem? Janete! Não há ninguém com esse nome. Com pequenas variantes, o curto diálogo repete-se pelas quatro chamadas seguintes. Por isso tem o inesperado, abrupto e impensado impulso de desligar o telefone quando, na sexta tentativa, a voz masculina pergunta *"quem quer falar com ela?"*.

Suado, Silas mantém a mão sobre o aparelho desligado. Pensa nos próximos passos. Telefonar novamente, claro, mas dá-se conta do pequeno detalhe: não tem o que dizer. Precisa do motivo. Necessita de um bom argumento para conversar sem que ela desligue em sua cara. Não tem.

Atravessou a vida sendo um fiasco de imaginação. Sorte receber salário como engenheiro e não publicitário. Anota o endereço num papel qualquer e decide: irá ao local no dia seguinte. Pessoalmente, olhos nos olhos, saberá o que dizer. Ou pensará em algo até amanhã. Amanhã? Pega a chave do carro, enfia a carteira no bolso e se manda. Ao passar por Fran – sim, é o nome da recepcionista! –, avisa displicentemente que irá "*visitar um cliente*". Não a ouve indagar se precisa de ajuda.

No *Guia Quatro Rodas* jogado no banco traseiro, busca o caminho até Janete. Não é difícil, embora seja na zona leste, região pouco frequentada por nosso pseudo-herói. Aciona a chave e, ao engatar a marcha, percebe as mãos tremendo. Chegou o momento pelo qual tem sonhado. A realização do sonho impossível. Não correrá o risco de dormir à noite e acordar septuagenário sem tê-la encontrado. Irá hoje. Agora.

O trânsito é pesado, mas não congestiona. No trajeto, Silas elabora frases, formula questões, analisa assuntos. Nada o agrada. Imagina Janete abrindo a porta, os olhares se encontrando e, de alguma maneira cósmica, sem explicação coerente, o reconhecerá. Racionalidade à parte, sentirá carinho pelo desconhecido que se apresenta em sua residência. Ele a convidará para um café. *"Não o conheço, por que aceitaria?"*, ela pensará enquanto aceita. Porque certas coisas, certos amores, estão além do entendimento e da compreensão.

— Quem quer falar com ela? — ecoa a voz ouvida antes ao telefone. Voz masculina. Certamente não era o pai, pois o perdera na adolescência. Irmão não tem. Namorado? Caramba, na casa em plena segunda-feira à tarde? Bem, pode ser hora de almoço. Que seja, a sorte está lançada. O importante será confirmar o endereço e cruzar seu caminho. Do restante cuidará o destino. É, talvez Janete não tenha a menor ideia de quem seja Silas ao surgir-lhe na porta. *"O que você quer?"* Quem sabe até acione a polícia caso ele não apresente uma desculpa convincente para lhe perturbar o sossego.

Ao avistar a providencial floricultura, encosta o carro e compra o buquê de rosas vermelhas. Ela acha cafona, mas adora quando o companheiro é romanticamente cafona. Ao menos assim era em 2018. Agora é ver para conferir. Entregará o buquê alegando tratar-se se de um admirador secreto; é apenas o portador. Analisará a reação. Encontrará situações para, nos dias seguintes, abordá-la como "mensageiro do amor". Plano perfeito! Ao menos na cabeça de Silas.

Rua tranquila, mas poucas vagas para estacionar; Silas deixa o carro um quarteirão depois da casa-alvo. Nervoso, caminha em lentos passos, buquê na mão esquerda. Apesar da vagarosa caminhada, chega ao destino. Muro amarelo atrás do qual se percebe o telhado vermelho, ambas as pinturas desgastadas pela ação do tempo. O portão é do tradicional cinza metalizado, tradicionalmente também gasto. Toca a campainha. A testa sua. Ouve a voz masculina gritar *"quem é"*. *"Procuro a Janete"*, responde. Silêncio. Passos. O portão abre só um pouco, deixando aparecer a cara carrancuda do senhor beirando os sessenta anos.

— A Janete está?

— Quem é você?

— Tenho uma entrega pra ela — responde Silas, enquanto o senhor observa as flores que carrega. Faz cara feia.

— Um momento.

Silas olha para os lados. Observa os sapatos. Ouve novos passos, mais delicados. Femininos. Ela aparece. *"Quer falar comigo?"* Cabelos compridos, presos em rabo de cavalo. Blusa justa e calça jeans. Sorriso tímido e olhos lindos, esverdeados. O sol realça a beleza do rosto que não tem, nem de perto, trinta anos de idade. Não é Janete. Não a de Silas.

— Janete? Janete Pergolaro?

— Sou eu.

A Janete genérica não decifra o rosto do homem à sua frente. Parece desorientado e decepcionado. Fica constrangida. "*Meu tio disse que você tem algo pra mim.*" Silas se desculpa e entrega o buquê, explicando que o galanteador prefere se manter incógnito, ao menos por enquanto. Precisa explicar o que é "incógnito" e então a moça recebe as rosas com enorme alegria, imaginando se seriam de Sérgio ou de Ronaldo. Ou, quem sabe, do canalha do Rico. Feliz da vida, fecha o portão ignorando o olhar devastado de Silas.

09

Praia do Boqueirão, cidade de Santos. Janeiro de 1961. O casal Pergolaro, peles morenas do sol, é pura alegria, as férias de verão correm melhor que o esperado. Nada de brigas na família durante a virada de ano (coisa rara) e, pela primeira vez numa viagem de passeio, a filha enturma-se com novos amiguinhos. Não era sem tempo, aos doze anos a adolescência chega com tudo e é hora de Janete diminuir a timidez que tanto a afasta das colegas. Pois aqui, em menos de uma semana criou laços com as garotas do bairro.

Durante as manhãs, vai à praia com os velhos; imita os movimentos da mãe ao se deitarem nas esteiras de palha para fritarem sob o sol. Nada de protetor na pele. Não tem coragem de usar biquíni, talvez quando os seios se desenvolverem, tais quais os da prima Estefânia. A mãe pode, mantém um belo corpo, apesar da barriguinha proeminente. Com o pai, diverte-se no mar; impossível descobrir quem é mais infantil na água. De volta à areia, contém a vontade de moldar castelos na areia, passou da idade. Que diriam os novos colegas?

É com eles, aliás, que passa as tardes litorâneas. Boa parte do tempo na sorveteria, rindo e conversando bobagens. Janete está empolgada, as meninas não parecem com as da escola, são maduras e, ao menos Raquel, até fuma. O grupo tem idade avançada, duas beiram os dezesseis anos. Quase mulheres! Combinam encontrar-se à noite na Lanchonete do Jonas, onde encontrarão garotos. Homens!

Pois é Raquel quem avisa Janete que o tal de Lino está interessado "*na garota nova*". Roxa, Janete sorri. Nervosa, passa o dia imaginando se finalmente chegou o grande dia, há tantos anos na expectativa. Em sua cabeça, aguarda por isso "*há dezenas de anos*", sem atinar que possui pouco mais de uma década de vida. Enfim. Ocorrerá, ai ai ai, o primeiro beijo?

Arrumada e perfumada, sai rumo à lanchonete com duas amigas santistas. O burburinho no local é grande e a gurizada ocupa pelo menos três mesas. Tudo indica que será necessário juntar a quarta.

Risos extrovertidos e conversas em alto volume. Dois casais arriscam braços sobre os ombros. Janete finge despreocupação enquanto busca Lino. Nada. A amiga não o viu? Ela também corre o local com os olhos e conclui, óbvia, que não chegou. O jeito é comer um sanduíche. Ou dois. Suco de laranja pra acompanhar.

Quase derruba a bebida com o cutucão recebido. Lino é finalmente avistado no canto de uma das mesas. Conversa animadamente com Sônia, que deve ter lá seus treze anos. *"Só porque é mais velha, acha que pode. Que goiaba."* Janete gargalha com a própria ofensa e as amigas passam a falar mal dos homens. Treinamento para a vida adulta, ao que parece. Despeitada, Janete vai ao balcão em ritmo de dança, o corpo acompanha a melodia de "Lacinhos Cor-de-Rosa", com Celly Campello, que ecoa na lanchonete. Estaciona no meio do percurso e, estática, capricha na pose de cantora. Com o fictício microfone na mão direita, a esquerda na cintura, acompanha Celly aos gritos: "*Um sapatinho eu vou, com laços cor-de-rosa enfeitar*". Assusta-se com o volume da própria voz; sem perder a pose, abaixa o tom e completa: *"E perto dele eu vou andar devagarinho... E o broto conquistar!"*. Requebra discreta a cintura, em ousadia até então jamais sonhada. Passado o refrão, segue aos caixas, entre murmúrios e risos.

Pede dois *milk-shakes* e sente o rosto ferver. A garçonete garante que entregará os pedidos em dois minutos e a parabeniza pela performance. Janete ganha confiança. No retorno, pausa no mesmo local e rodopia sobre um dos pés. Os braços não acompanham como deveriam e a garota se estrebucha no chão. Os risos se sobrepõem à música enquanto Raquel a acode. Com sincera preocupação, quer saber se machucou. Gesticulando, Janete nega. Tudo certo com braços, pernas e cabeça. Dói o orgulho.

Na mesa, constata que Lino não segura o riso, acompanhado pela sirigaita da Sônia. A pequena Janete contra-ataca e, mais uma vez, eleva a voz. Comenta "*como foi louca a pirueta*", nem Elvis tombaria com tanta elegância. As amigas a acompanham, relembram outros tombos memoráveis do grupo e em pouco tempo ninguém lembra mais do papelão. Entre risos e mentiras – sempre há quem exagere nos fatos –, confere o casal na outra extremidade. Com olhares lânguidos, estão prestes a se beijar.

A barriga embrulha.

Passada meia hora, a festinha ferve e Janete não esconde mais o redemoinho no estômago. Nem *milk-shake* dá jeito. Vontade de mandar tudo e todos à putaqueopariu. Sob a desculpa de ir ao banheiro, afasta-se do grupo, sai da lanchonete e atravessa a avenida. Tira as sandálias e caminha lentamente pela areia da praia quase deserta. Além de escuro, o vento está frio. Chega próximo ao mar, sem coragem de molhar os pés. Observa as ondas por alguns minutos, enxuga a lágrima e decide voltar. Ao dar meia volta, depara-se com um garoto à sua frente.

— Ei!

— Desculpa. Te assustei? Não foi intenção. Acabei de chegar, vim fazer companhia. Vi que saiu sozinha da festa.

— O que você quer?

— Tá tudo bem com você?

Ao leitor curioso, não, o garoto não é Lino. Sim, Janete também ficou decepcionada ao constatar.

— Não é nada, ué. Aquela coisa tá muito chata.

— Também acho — O rapaz ri, sem qualquer reciprocidade. Insistente, o menino parece ser da mesma idade. — Não fica assim, você é legal. Não merece isso.

Percebendo as interrogações no rosto feminino, explica que houve comentários na mesa, não se recorda exatamente quem iniciou, de que ela estaria na expectativa de namorar com Lino, mas aí ele aprontou aquela cachorrada. Janete, enfática, nega o que classifica de "fofoca idiota".

— Bem, se fosse verdade, acharia que você se deu bem. Merece coisa melhor que aquele tonto.

Desta vez, obtém o sorriso de Janete.

— Quer ir até a sorveteria? Também acho que a lanchonete tá muito chata.

— Obrigada. Melhor não. Quero ir pra casa.

— Posso te acompanhar? Você está a três quarteirões daqui, não é?

— Isso mesmo. Você tá sabendo demais.

Risos nervosos.

Caminham de volta ao calçadão.

— Vamos lá. Te pago um sorvete ou um refresco. Aí te deixo em casa. Vamos esquecer gente como o Lino, que só dá bola pra gente bonita.

— Como assim?

— Ah, você sabe. Pessoas como ele gostam de desprezar gente como a gente.

— Como a gente?

— Sabe como é. Eu não acho, mas tipos como ele pensam essas coisas. Não tem nada a ver.

— Como assim, como a gente?

— Bom, a gente não é muito bonito, né?

O murro derruba o garoto de costas e, assustado, detecta sangue no nariz. Segura o choro enquanto observa Janete seguir, com passos duros, praia afora. O humilhado rapaz torce – em vão – para que ninguém tenha presenciado a cena. Ninguém que o conheça, pelo menos. Em vão também. Enquanto se levanta, desenvolve uma raiva doída pela mãe. Afinal, foi quem o aconselhou a, acima de tudo, ser sempre sincero.

O episódio jamais foi comentado porque esquecido no decorrer das vidas. O fato é que esse soco foi o primeiro contato físico entre Janete e Silas.

10

Sentado no banco do motorista, Silas risca mais um nome do bloquinho de notas. São cafeterias da região de Moema, pinçadas das Páginas Amarelas. Tampouco nesta última há qualquer Janete trabalhando ou que tenha prestado serviços recentemente. Silas recorda que ela trabalhou, em algum momento da vida, numa cafeteria do bairro. Se soubesse a época exata, ajudaria. O nome do local, mais ainda. É preciso jogar, infelizmente, com os dados disponíveis.

É a segunda noite consecutiva que chegará tarde em casa. No dia anterior, inventou a reunião extraordinária com um cliente chato e exigente. Hoje, "*happy hour*" com os amigos. Não poderá utilizar o mesmo expediente por três dias; Carmen não pareceu nada satisfeita com a "saída" com colegas do trabalho. Pior foi a estratégia utilizada na semana anterior: visitou com a esposa e os filhos, no sábado, o café em Moema que lhe pareceu mais provável (sabe-se lá o motivo) de encontrar Janete. Aí sim, Carmen ficou uma fera ao perceber que o marido observava com atenção exagerada as garçonetes. Para complicar, achou que Silas secava os seios de cada uma quando, na verdade, buscava os nomes em seus crachás. A esposa controlou-se na frente de Gerson e Ricardinho; em casa, por outro lado, espinafrou Silas até deixá-lo atordoado. "Velho tarado" foi o xingamento mais suave.

Por conta do expediente frustrado, pretende visitar o máximo de cafeterias possíveis ainda esta noite. Seja o que Deus quiser ao chegar em casa.

Após duas horas de buscas infrutíferas, chega ao lar. O silêncio do sono familiar. A porta do quarto trancada pela fúria da esposa magoada. Como na primeira noite em sua nova estadia em 1988, dorme na sala. Desta vez, não por vontade própria.

No café da manhã, cara emburrada e nenhuma palavra. Apenas um grunhido no lugar do "bom dia". Silas está sem paciência, essa é uma parte da vida – as brigas no casamento – da qual não tem saudades e nenhuma vontade de reviver. De qualquer modo, o clima para o café é um saco. Lê o jornal enquanto mastiga pão com manteiga. Carmen levanta-se, pega algo no armário e o fecha com força. O som da batida quase faz Silas soltar o diário. Fita a esposa, que finge não perceber.

— Olha, Carmen, é ridículo isso. Tenho o direito de chegar tarde de vez em quando. Não houve nada demais, fiquei com os rapazes tomando cerveja. Ninguém vai morrer por causa disso.

A esposa o ignora.

— Não vai falar nada? Bom, preciso me arrumar pro trabalho. Espero que você melhore até o jantar. Com licença, vou me trocar.

Carmen para na frente do marido. Olhos em fúria, aponta o dedo.

— Se você aprontar comigo, arrebento a tua cara.

Dedo em riste, permanece imóvel por dois segundos e então afasta-se para o lado, abrindo passagem a Silas, surpreso com a reação. Não gostou nada, mas prefere não retrucar. Há outras prioridades.

Buscando agulha num palheiro, Silas passa os dias seguintes rodeando bairros onde Janete teria vivido ou trabalhado. Moema, Ibirapuera, a região da avenida Paulista... Aproveita horários de almoço, vez ou outra chega mais tarde em casa e, aos finais de semana, oferece-se voluntariamente sempre que é preciso levar Ricardinho à casa de um amigo, comprar presente ao colega aniversariante ou qualquer motivo fortuito. Para Carmen, claro, não passa despercebida a costumeira demora de Silas em retornar da rua; mesmo assim, por mais contas que fizesse, não seria possível Silas cumprir a obrigação, pegar a tal sirigaita e ficar pelo menos uma hora no motel. Não, não havia tempo para isso tudo. Talvez telefonemas ocultos. O que o desgraçado anda aprontando?

A esperança de Silas, mínima e minguando, é encontrar Janete caminhando em qualquer rua, parada numa banca de jornal ou conversando num telefone público. Não tem ideia de onde mais procurar, qual pista seguir. Não importa a época, São Paulo sempre foi uma metrópole gigantesca. A chance de encontrar, aleatoriamente, uma pessoa específica é... Bem, não sei o número exato, mas certamente a porcentagem é mínima. Se ao menos Janete gostasse de shoppings, Silas passaria os finais de semana no Ibirapuera.

Silas levou a família a feiras alternativas, de produtos artesanais, esotéricas, qualquer evento que – imagina ele – pudesse despertar o interesse da futura namorada. Tentativas inócuas. E nunca pôde permanecer muito tempo, ninguém tinha paciência pra esses negócios por mais de vinte minutos. Em verdade, nem mesmo Silas, não fosse o interesse oculto.

Por vezes, para ludibriar esposa e filhos, convidou-os a um restaurante que, descobririam depois, era vizinho de tais feiras. Então, *"olha lá, pessoal! Já que estamos aqui, que tal uma olhadela?"*, e entre estranhamentos e sorrisos contrariados, realizavam o "inesperado" passeio. Em certas ocasiões, Silas viu-se obrigado a adquirir quinquilharias que justificassem tais visitas e que agora adornam o dormitório, um canto da sala e parte da geladeira. Registros de uma busca. Ou seriam marcas do fracasso? O ânimo de Silas diminui a cada dia. Sente-se feliz por passar mais tempo com os filhos ou rever os pais, algo que imaginava perdido. Entretanto, nada o faria aproveitar melhor esta segunda chance, este milagre ou seja lá o que for, do que encontrar Janete e antecipar os anos de eterno romance. Seria mesmo eterno ao adiantá-lo em trinta anos? Não custa tentar. Quer, a todo custo, tentar.

Sentado na sala, desanimado com as buscas infrutíferas, não consegue pensar em nada. Sequer presta atenção nas imagens da tevê, cuja tela os filhos não desgrudam os olhos. Qual o sentido em voltar trinta anos no tempo? Seria ele "o escolhido"? Haveria outros nessa situação? Se os encontrasse, poderiam obter respostas de maneira mais clara. Ou não. Até onde sabe, é o único na história da humanidade a enfrentar uma experiência de tal magnitude.

— McFly!!

O grito retira-o do transe. Na televisão, o rapaz enfrenta o rival de seus pais, ao viajar trinta anos para o passado. Marty McFly, de *De volta para o futuro*. Silas imagina a vida imitando a arte, embora tenha ele apenas acordado em outro ponto da vida. Inexiste qualquer risco de se encontrar consigo, o Silas septuagenário não existe mais. Ou melhor, ainda não.

Vida imitando arte? Ou apenas o cinema sendo plagiado por má literatura?

11

Bairro de Higienópolis, cidade de São Paulo. Janeiro de 1968. A Variant, cor de terra, corre apressada pelas ruas. Apressada e abarrotada. Sete jovens amontoados no interior; o rastro de fumaça indica que, pelo menos, metade fuma. Bando de cabeludos sem camisas; distinguem-se as mulheres pela ausência de barba e o uso da parte superior do biquíni. Garrafas de cerveja nos bancos e no piso. Os rostos trazem a mistura de alegria e cansaço.

Em certo momento, o carro diminui a velocidade. Apesar do domingo matutino, o tráfego torna-se intenso ao entrar na rua da Consolação. Por sorte, o destino é logo ali, em frente à Universidade Mackenzie. O motorista, distante da sobriedade, estaciona desajeitado, raspando o pneu dianteiro contra o meio-fio. Desce uma das moças, calça jeans e *soutien* de biquíni. Veste a camiseta e despede-se de cada ocupante do veículo com beijinhos no rosto, à exceção de um dos rapazes, presenteado com um carinho mais lascivo nos lábios.

A moça ouve gritos de "*boa sorte*" e "*arrasa, guria*" enquanto dirige-se à universidade, onde prestará vestibular para o curso de arquitetura. Ela e os milhares de jovens que dividem o espaço. Nem todos tentarão arquitetura, óbvio. Janete está exausta, mas nada a impedirá de realizar a prova.

A peleja contra o sono apenas inicia. Como faltam dez minutos para a abertura dos portões, desloca-se para o boteco do entorno. Parada estratégica. Quase pede pinga, fica com o pingado. O sabor não é lá essas coisas, o que ajuda a despertar o cérebro, nem que seja no tranco. Acostumada com o ritual etílico, despeja um pouco do líquido "para o santo". Acerta o sapato lustrado do rapaz que, ao lado, termina o café. Não ficou nada contente.

— Cuidado, mulher!

— Opa, desculpaê. Era pro santo, acertei o gato.

Pisca pra ele, que nem repara, preocupado em limpar a sujeira. Há resquícios de café com leite até na barra da calça. Procura se acalmar, necessitará de tranquilidade para a prova que se aproxima. Paga a conta e, junto com outros dois rapazes, sai enfezado do boteco.

— Que adianta ser bonito e viver azedo desse jeito? — a filosófica questão de Janete é direcionada ao bigodudo do caixa, que se limita a sorrir enquanto devolve o troco. Na rua, encostada no poste, relembra os últimos dois dias; em especial as últimas horas. Está apaixonada e isso a revigora. Sente que poderia permanecer acordada e ativa por muito mais tempo, sem auxílio de qualquer substância. Sorri ao relembrar o sabor do beijo. Apaixonada!

E atrasada.

De repente, bate a neura e o atraso para o vestibular pulsa em suas veias. Ao longe, percebe que os portões foram abertos e muitos estudantes avançam desesperados. Alterna de forte caminhada para corrida. Ultrapassa o senhor vendendo bilhetes da loteria, desvia da idosa com sacolas e esbarra no espadaúdo que lhe fecha o caminho. Na colisão, o rapaz derruba caneta e lápis que levava na mão. O rapaz tem sapatos manchados.

— Você de novo?

Janete desculpa-se sem diminuir a corrida.

Esbaforida, perde-se entre os prédios da faculdade. Há centenas (seriam milhares?) de candidatos indo em todas as direções. Formam-se filas. Aproxima-se um fiscal, que percebe o olhar atônito da moça. Pede-lhe calma, informa que todavia há tempo suficiente e a orienta a buscar sua sala. Caso não saiba, aponta o painel com a relação completa. Janete agradece e, assim que ele se vai, senta-se para descansar. Na ausência de bancos, vai no chão mesmo. Confere o relógio de pulso. Tem, de fato, pelo menos quinze minutos até impedirem o acesso às provas. Tenta recuperar o equilíbrio mental. Encontra-se menos fatigada do que imaginava.

Bate vontade de fumar e percebe ter esquecido o maço no carro. Saco. Assim ficará difícil a concentração, pior se houver equações a calcular! E são várias as questões de matemática. Pontada nas têmporas. Não conhece ninguém, mas terá que filar um cigarro. A maioria, com rostos tensos, passa sem lhe dar atenção. Espalhafatosa, invade a rodinha de amigos que discutem qualquer dúvida de geografia. Ou história, Janete não tem certeza. Implora por um cigarro, só assim terá calma para fazer a prova. A guria com óculos de grossa armação retira o maço da bolsa e oferece. Janete o recolhe e agradece.

— Ei, ei! Só um, né?

— Opa, claro, desculpe. É o nervosismo — então retira um cigarro e devolve o maço.

— Nervosismo o cacete. O que uma porralouca como você faz aqui? Só serve pra desestabilizar os outros.

O comentário não vem da guria de óculos, coitada. No meio da rodinha está o espadaúdo de sapato sujo. Também a boca é suja. Após a primeira baforada, Janete o reconhece. Quem ele pensa que é? É o que pergunta, em claro e bom tom. Sem se dignar a responder, o moço vira o rosto, intensificando o gesto desaprovador no balanceio da cabeça.

— Tem problema comigo, rapaz?

A rodinha se desfaz e muitos se encaminham às salas. Não é a melhor hora para arranjar confusão. Janete deveria saber. O rapaz também. Ele se vira. *"Eu?"* Janete confirma.

— Tenho que fazer minha prova. Não posso perder tempo com mulheres como você.

— Como eu? O que você quer dizer, idiota?

— Idiota eu? Não passei a noite na farra pra chegar no vestibular e fazer esse papelão. Duvido que você consiga preencher o próprio nome na prova.

Janete parte pra cima do vestibulando e, a tempo, é contida por outro. O espadaúdo arma-se de coragem e ameaça agredi-la, palma estendida no ar. O jovem que conteve Janete deixa claro que haverá revide.

— Não encosta um dedo nela! Vai fazer tua prova e deixa a moça em paz.

A pequena multidão se aglomera pra observar. Sempre há quem não perca uma boa confusão, principalmente com mulher no meio. Dois fiscais aparecem e o entrevero se dispersa. O enfezado, bufando, entra no prédio. Janete agradece ao novo defensor de donzelas indefesas; alega, porém, que não tem nada de indefesa e poderia soltar uns três catiripapos no folgado.

— Não é dia disso. A gente precisa de tranquilidade pra prova.

— Eu sei. Desculpa, tem razão.

— Vamos lá, qual sua sala?

Janete arruma o cabelo, procura ficar mais apresentável. Informa não ter ideia, precisa descobrir.

— Oquei. Boa sorte então. E não se mete em mais confusão nos próximos dez minutos!

Janete sorri e observa o bonitão seguir seu rumo. Além de sensato, bela bunda. Precisa de um homem assim na vida. Dirige-se ao painel para encontrar a sala.

Outro episódio que jamais foi comentado. Silas, claro, soube – muitos anos depois – que Janete prestara vestibular para arquitetura, sem sucesso. Ela, por sua vez, soube que o namorado fora um engenheiro bem-sucedido. Nenhum dos dois jamais desconfiou, no decorrer da vida, que naquele dia, por instantes, tiveram o segundo contato visual, enquanto Silas observava Janete ser defendida pelo rapaz bundudo.

12

O relógio avança em lerdeza tartarugônica. O tempo não passa, disfarça. A manhã fica pra trás; a tarde, por sua vez, não pretende escapulir tão cedo. Silas observa a papelada sobre a mesa, já tomou pé de cada projeto e praticamente se desenvolvem por conta própria. Não foi difícil relembrar as artimanhas da engenharia, o prazer dos números. São três meses e tanto na nova velha vida, tempo suficiente para retomar os feitos cotidianos, retomar a rotina. Passou Natal, entrou 1989. A esperança de encontrar Janete se foi; se não aconteceu na primeira vida, nada indica que ocorrerá na segunda.

O mais perto que chegou foi sonhando, inclusive com menção de seu nome em voz alta. Como descobriu? Carmen fez questão de contar, o que só piorou o relacionamento com a esposa. Pelo menos reviu os pais. Seu Enrico e Dona Vilma mantêm o bom humor e a hipocondria. Silas não segurou as lágrimas ao (re)encontrá-los; acariciou as mãos, carinhou os cabelos. Resultado: deixou-os preocupados; a mãe, com possíveis problemas de saúde; o pai, com essa frouxidão que, a essa altura da vida, deveria ter ficado para trás. De qualquer modo, novas visitas estão nos planos. No trabalho, a tal Fran perdeu o interesse; o coroa mostrou-se mais relapso do que charmoso. Ou seja, iluminou-se a realidade. Silas confirmou que não teve qualquer caso com a colega.

O dia passa pesado. Está cansado do escritório, mas a perspectiva de encontrar "Carmen Cara Emburrada" tampouco o anima. Atrasar-se para casa, nem pensar; o clima ficaria pior. Restam três horas no limbo do tédio. Para salvá-lo, Rogério o convida a acompanhá-lo na visita a um cliente. Que tipo de ajuda precisa? "*Apenas boa companhia*", o local fica na zona norte e a chance de pegar trânsito pesado é alta.

— Cansei das músicas do rádio, assim podemos colocar o papo em dia. Quem sabe, um rápido "*happy hour*" depois. Além do mais — completa —, fomos juntos da última vez, uns seis meses atrás, quando precisei ajustar detalhes que o rapaz estava enchendo o saco. Agora você pode me auxiliar com outras pendências. Lembra de quem tô falando?

— Claro — mente. De qualquer forma, ótima desculpa para distrair a cabeça. Ainda que no trânsito paulistano. No fim das contas, tráfego tranquilo; o único inconveniente é o intenso calor dentro do carro. Saudade de ar-condicionado no veículo. Após a reunião – curta e grossa – Rogério sugere tomarem ao menos um café ou, quem sabe, uma ou duas cervas geladinhas antes do inevitável retorno.

— Vamos na lanchonete aqui perto, a mesma da outra vez. Quem sabe a garçonete gostosona não continua dando sopa? — Ao chegar, sentam numa mesa no corredor das janelas.

— E aí, chefia? Que vai ser hoje? — o jovem atendente anota a cerveja e promete voltar rapidinho.

— Não vejo a gostosona. Não deve trabalhar mais aqui. Pena. Que se dane. Olha, a mulher do caixa dá um bom caldo!

Silas observa, não lhe parece nada atraente com a redinha nos cabelos presos. "*Nada demais*", avalia após o colega cobrar-lhe opinião, "*além do mais, fica de cabeça baixa, contando dinheiro*".

— Tem que contar, porra. É o trabalho dela. A garçonete no canto do balcão é meio raimunda. Já dava para o gasto. Como sempre, claro, a gente teve a sorte de ser atendido por homem.

Silas sorri amarelo. Tanto faz, quer apenas gelar a goela. O rapaz cumpre a promessa e retorna rápido com a garrafa de cerveja e dois copos. Mais alguma coisa? Nada não. Qualquer coisa, é só chamar! Rogério e Silas jogam conversa fora, analisam o trabalho, reclamam das esposas que não os compreendem e elogiam os filhos. Enquanto Rogério pede a segunda garrafa ("*só mais essa antes de voltar ao batente!*"), Silas vai ao banheiro; no retorno do xixi, decide pegar um pacote de balas no caixa; a moça da redinha nos cabelos, sem perceber a aproximação, solta um escandaloso espirro quando ele faz o pedido. Silas não esconde o incômodo ao vê-la limpar-se e desculpar-se. Encabulada, limpa o nariz com o lenço de pano, enquanto entrega as balas ao afetado cliente. Silas agradece, pede para incluir na conta da mesa número quatro e retorna à companhia de Rogério.

Não presta mais atenção na conversa. Inviável. A sensação de viver tudo pela segunda vez, qual seria a merda do propósito? Rever o fiasco do Brasil na Copa de 90, o sucesso de Romário em 94. Acompanhar, de maneira tediosa, todas as variações na economia. Os sufocos e as agonias pra manter empregos e rendimentos. A queda de dois Presidentes da República em 25 anos. A decadência musical nas rádios. A revolução da internet. A morte dos pais. Os devaneios são interrompidos pela bandeja derrubada ao lado da mesa. É a moça do caixa, desajeitada, levantando-se após constrangedora queda. Por sorte, a bandeja estava vazia.

Silas a auxilia pelo braço; a redinha ameaça cair dos cabelos; os óculos ficam na ponta do nariz. Rogério ri. O outro funcionário chega para ajudar, agradece Silas e ressalta que, a partir dali, pode retornar à cerveja e deixar o trabalho com ele.

— Mulher! Eu falei pra você não se preocupar em servir o pessoal. Fica no caixa que eu e a Marlene cuidamos disso.

— Desculpa, Curió. O pessoal da mesa estava com cara feia com a demora — sussurra — e como não tinha cliente no caixa, fui ajudar. Não tem jeito, sou desengonçada até pra caminhar entre as mesas — ri.

— Por sorte a bandeja estava vazia — acompanha o riso enquanto a moça se recompõe e retoma o posto.

Silas acompanha ambos com o olhar, segue sem prestar atenção ao que diz Rogério. Este, aliás, não diz nada. Apenas fala, fala e fala. "*Até que a mulher não é feia*", pensa. Será a proprietária? Pode ser, não parece nova. Mais uma vez é retirado dos devaneios, agora pelo chefe, ressaltando que chegarão atrasados. "*Hora de ir embora.*" Silas se oferece para pagar a conta, sem encontrar qualquer resistência. Já esperava por isso e, de quebra, poderá conferir o sorriso da moça da redinha no cabelo. Não obtém sucesso na empreitada, pois a mulher cobra a conta dividindo a atenção com o cozinheiro, que lhe entrega dois lanches, e o telefone, preso entre a orelha e o ombro esquerdos, no qual responde sucintos *"claro"* e *"pode deixar"*. Silas contenta-se em observar a outra garçonete. Pode não ser lá muito bonita, mas é simpática. E tem lindos olhos. Rogério jamais repararia nos olhos. Ao sair, cumprimenta Curió, o rapaz que os atendeu.

— Voltem sempre, amigos! A seu dispor!

Rogério e Silas entram no carro.

O que ninguém soube, até aquele momento, é que a mulher da redinha no cabelo era Janete. Aquela. Por circunstâncias alheias à sua vontade, Silas não a reconheceu. A vida oferece pequenas grandes coincidências; muitas vezes não aproveitamos. Sequer percebemos.

Silas demoraria quase trinta anos para revê-la, caso não retornasse do carro, naquele exato momento, ao se dar conta que esquecera a carteira. Ao vê-lo com ar perdido na mesa em que estivera há instantes, o tal Curió oferece ajuda. Ciente do problema, brada para a mulher do caixa:

— Ô Janete! Tem carteira esquecida aí no balcão?

Mais do que a possibilidade de perder dinheiro e documentos, aquele nome interrompe a respiração de Silas. Inspirar? Expirar? Que é isso?

Ela retirara a redinha para arrumar os cabelos. Está segurando, em uma das mãos, a carteira de Silas, perguntando se seria aquela. Redinha? Carteira? Que é isso?

Curió, o garçom, dá dois tapinhas em suas costas, aponta o caminho e vai atender outra mesa. Janete está de cabelo solto, rosto limpo. Nada de óculos ou telefone pendurado junto ao pescoço. Silas caminha.

Óculos? Pescoço? Que é isso?

Após conferir o documento na carteira, a moça sem redinha nos cabelos quer saber seu nome.

— Como?

— Sabe como é. Pra ter certeza que a carteira é sua. Qual é seu nome?

Silas encara as pupilas dos olhos. Os olhos mais lindos que encontrara em vida. Os espetaculares, magníficos e radiantes globos oculares de Janete.

Seu nome?

— Silas — a voz quase não sai. —, Silas Quintanilha.

— Brincadeira! Sabia que era sua. O senhor acabou de pagar a conta, não foi? Tá aqui — entrega-lhe a carteira, recebida em movimentos lentos pelo estupefato cliente. A outra garçonete intervém:

— Tudo bem com o senhor?

Silas responde um monossilábico "*tá*" sem desviar os olhos de Janete. Hesitante, guarda a carteira no bolso traseiro da calça, vira-se e caminha para a saída. Janete, Curió e Marlene entreolham-se cômicos. É cada um que aparece.

Difícil foi segurar o choro, a caminho do escritório.

13

O quique duplo da cabeça contra o vidro da janela a desperta do displicente sono. Malditos buracos. Com a vista turva, observa o relógio no pulso esquerdo. Vai atrasar além do esperado. Como sempre, Curió tentará encobri-la e, ao final, Dorneles ficará uma fera. O trânsito podia ajudar, né? Não ajuda. Ninguém ajuda. É cada um por si e fodam-se todos. Pelo menos o ônibus tem pouca gente, ninguém em pé; realiza o trajeto inteiro sentada. Se pudesse cochilar um tantinho! Vez por outra, a cabeça pende pra frente e os olhos estrebucham em pequenos sustos. Não dá. Devia descansar em casa, na cama, mas como? A cabeça não permite. Os pensamentos, as preocupações. Que merda. Quando a avenida alivia, o motorista afunda o pé, acreditando ser Ayrton Senna. Não deseja mais chegar com pouco atraso; quer chegar viva.

Na lanchonete, apenas duas mesas ocupadas. Daqui a pouco surgirão os primeiros fregueses em busca de almoço. Marlene, a garçonete, observa-a com cara enfadada. Como sempre, aliás. Curió, o "faz-tudo" local, a cumprimenta sorrindo enquanto limpa cadeiras e mesas. Dorneles, o chefe, cede o lugar no caixa, advertindo-a que "*chegou mais tarde que o combinado*". Janete explica: sabe como são os médicos, marcam um horário e atendem uma hora depois. Tem também o trânsito que… Dorneles não ouve mais, recolheu-se para os fundos, cuidar de suas coisas, seja lá quais sejam. Nem pôde acrescentar que o carro está na oficina – mais uma vez – e, portanto, precisou se deslocar pela cidade de ônibus. De qualquer forma, para o chefe não faria diferença. Janete confere o dinheiro na caixa registradora. O horário de almoço se aproxima e o ambiente ferverá de gente esfomeada.

— E aí, Crazy Janet? Tudo enriba?

— Não enche, Curió. O dia não tá bom.

— Desculpaê. Só queria saber se foi tudo bem no médico.

— Tudo bem — mente. Na realidade, não tem ideia. É preciso esperar o resultado do exame. Janete percebe o rosto irônico do colega. Enquanto confere doces e salgados sob o balcão, pede que desembuche logo, se tiver algo para contar.

— Procuraram você hoje de manhã. Precisava ver a cara de decepção ao descobrir que não tinha chegado.

Janete, agachada conferindo a prateleira do meio, erige-se num pulo sem esconder a preocupação na voz:

— Quem?

— O cara que esteve aqui ontem, aquele da carteira.

A interrogação agora soa mais calma e confusa:

— Quem?

— Aquele que esqueceu a carteira com você. Já tinha saído e voltou pra buscar.

O rosto demonstra que Janete se recorda, sem qualquer entusiasmo. *"Ah, esse."* O leitor mais atento, caso tivesse acesso à cena *in loco*, perceberia certo alívio no rosto. Mais calma, retoma as prateleiras e quer saber o que ele queria.

— Olha, amiga, não falou não — Marlene entra na conversa. —, mas conheço esse tipo de homem. Pela cara chateada ao não te encontrar, parecia apaixonado.

Janete ressurge sobre o balcão e bufa ter mais o que fazer. Isso não a impede de ouvir Marlene completar que *"é bom tomar cuidado com esses sujeitinhos. Tudo chave de cadeia. Reparei na mão esquerda dele e ó, mó anelzão. Aliançona de casamento. Cara de pau!*" Janete assente movimentando a cabeça e ressalta:

— Mas ele não disse o que queria?

— Olha, não disse não — responde Curió. —, mas, com certeza, não estava interessado na queda da bolsa de valores! Aê, Crazy Janet! Arrebentando corações!

— Vai trabalhar, moleque — ordena a mulher do caixa, impaciente com o assunto e mostrando a chegada de clientes. Marlene vai anotar os pedidos.

Ao final da tarde entra na lancheteria um sujeito de cara enfezada e pacote sob o braço direito. O tal pacote se constitui de sacola de pano embalando uma caixa retangular com cerca de vinte e cinco por quinze centímetros. O rapaz troca olhares com Curió, que pede para aguardar um instante. Do caixa, Janete percebe a impaciência do sujeito, enquanto confere o troco para o casal à sua frente. Acertou o valor e tem certeza que acertaria a aposta de que o rapaz não é cliente e não presta. Boné com aba pra trás, semblante fechado, barba mal feita, agasalho esportivo desleixado, tênis sujos. Pra completar o figurino de candidato a vândalo, só falta vestir a camiseta do... São Paulo. Pois é. Janete tem completo desprezo pelos tricolores, "*um bando de almofadinha*".

Curió aproxima-se do suposto sampaulino num canto e conversam baixo. Parecem discordar mas, em poucos minutos, entram em acordo. Curió vai aos fundos da lanchonete e em seguida retorna. Confere o conteúdo da sacola e entrega dinheiro ao mal encarado, que vai embora sem se despedir. Curió guarda o pacote nos fundos, no quartinho dos funcionários, e retorna ao batente, atendendo o grupo de adolescentes famintos por lanches. Olha de esguelha para o caixa e percebe que Janete o observa seriamente. Nada bom. Evita seu rosto até o fim do expediente de ambos, o que não demora. A partir das sete da noite, o trabalho segue apenas para o pessoal que entrou à tarde. No mencionado quartinho, Janete busca a chave do carro e, desanimada, recorda-se que será impossível encontrá-la porque o veículo está na oficina. Mais uma vez. Curió despede-se após guardar a carteira e retirar o tal pacote de trás do sofá puído. Janete pede para conversar um minuto.

— Quem era aquele rapaz?

— Quem?

Curió solta um grito curto e seco após o tapa na cabeça. Delicadeza não é ponto forte de Janete, que puxa o pacote dos braços do colega. Retira-o da sacola e confere ser a embalagem de um rádio automotivo, desses que se colocam no painel do carro. Moderno, inclusive com toca-fitas.

— Ei! Você não tem o direito de mexer nas minhas coisas!

— Tenho idade pra ser sua mãe, moleque!

— Mas não é! Ela nunca me bateu assim, sabia?

Janete arma outro bofetão, Curió recua o rosto e ela estaciona o braço no ar.

— Talvez seja o que te falte. Que porcaria é esta? Se você disser que é um rádio eu o arrebento contra a parede.

— Que você quer que eu diga?

— Você comprou daquele rapaz que veio aqui?

Curió confirma com a cabeça, cruzando os braços e forçando a pose de malandro da quebrada. A pose é interrompida ao ouvir, assustado, o misto de grito e grunhido da colega. Janete indaga quanto pagou por aquilo e, ao ouvir que fora um terço do valor de mercado, questiona se é titica de galinha o que ele tem entre as orelhas. Ofendido e sem vontade de ouvir tudo o que ela seguiria dizendo, Curió afirma não ver problema se o produto é roubado ou não. "*Isso não é problema meu.*" Seria essa a explicação caso a polícia viesse atrás do rádio? Janete o interroga. Seria?

— Caramba, moleque. Você tem filho pra criar! Vai se arriscar por causa de porcaria de rádio?

Curió fica sem jeito, detesta quando Janete tem razão. Infelizmente, acontece com frequência. Pra piorar, entra no assunto dos estudos. Ela insiste para que ele termine o colegial e curse uma faculdade. Qualquer uma. Teria mais oportunidades para o futuro. Terminar o segundo grau já seria grande coisa.

— Você não quer passar o resto da vida servindo mesas, né? Não pode continuar por aqui quando tiver a minha idade.

— Ah, mas você tá bem por aqui. Gerentona. E continua com corpão.

Janete sorri.

— Idiota — responde — Falo sério.

— Eu também. Você tá aqui mas logo, logo vai abrir seu comércio, não vai? Sua loja, ser a própria chefe.

— Se Deus quiser. Tô guardando dinheiro pra isso. Mas eu não tenho família pra sustentar, moro sozinha. E se tivesse sido menos descabeçada, estaria em melhor situação hoje em dia. Mesmo assim, nem tudo é cor-de-rosa, Curió. Todos temos problemas. Minha casa, por exemplo, tá caindo aos pedaços de tanta rachadura, não tenho grana suficiente pra um engenheiro descobrir o motivo e nem por isso vou fazer merda. Devolve essa porcaria e se afasta desse tipo de gente.

O rapaz guarda o rádio de volta na sacola e sai com o pacote nos braços. Despede-se, sorriso maroto, sem confirmar se seguirá os conselhos. Paciência. Janete também precisa ir embora. De ônibus. Tem as próprias dores de cabeça, não dá pra cuidar de todo mundo. No caminho até o ponto de ônibus, busca e encontra três fichas telefônicas na bolsa. Há duas pessoas no telefone público; a primeira conversando, a segunda esperando. Aguarda a vez por vinte minutos e disca. Nesse meio tempo, passam dois coletivos da linha que a transportará para casa. Ambos abarrotados de gente em pé. O segundo sequer tem condições de fechar as portas. Enquanto espera a interlocutora atender, desanima com o presságio do cansativo caminho que a aguarda num curtíssimo prazo.

— **Alô, Ka?** Tudo bem? É a Janete, lembra de mim? Isso. Tudo bem com você, mulher? Que bom, eu também. Quero dizer, tem umas coisinhas... Nossa! Nem me fale! Que loucura aquele dia! Poxa, nosso encontro foi incrível. Que nada, menina, você que é. Então, é sobre isso mesmo que eu quero falar, mas não dá pra ser por telefone. Queria marcar uma hora pra gente se encontrar. Você pode na terça? Não, não é nada demais. Eu acho... Não, olha só, não tenho muitas fichas, tô no orelhão, não tenho telefone em casa e estão enchendo o saco com telefonemas particulares lá no trampo. Vou na tua casa, se preferir. Me passa o endereço. Sei. Tendi. Que número? Onde fica isso? Ah, beleza! Vai fazer algo na próxima terça? É que é minha folga. Eu passo depois do almoço, umas duas da tarde. Na terça te conto. É, tem a ver com o encontro que tivemos. Não esquenta. Beijo, Ka. Até mais. Tchau."

14

Quem trilhar a vida em perfeita simetria com os planos traçados através dos anos que atire a primeira pedra. Janete não atira. Nem de longe. A esta altura da vida, desistiu de qualquer planejamento. Será ótimo se quitar as dívidas do mês. Engana-se quem a imagina perdida. Sabe exatamente o que quer. Acontece que as coisas não costumam se desenrolar conforme gostaria. Nada que a abale. Se em 1988 o termo resiliência não é popular, exemplifica de modo perfeito o comportamento janetiano.

Vez por outra, em casa, degusta o sorriso no rosto ao recordar os excessos amorosos. Valeram a pena, todos. Houve quem a chamasse de puta. Houve quem a invejasse. Amou e foi amada. Foi traída e traiu. Alguns homens chegaram e, de cara, Janete previu um futuro juntos, enamorados pelo resto da vida. Com esses, enganou-se redondamente. Outros, por sua vez, atestaram logo de cara que não passariam de aventuras fugazes. Com esses, acertou em cheio. O importante é que, com uns e outros, seguiu os próprios sentimentos; não fez nem deixou de fazer nada por aprovação alheia, a não ser uma ou duas exceções, por conta dos pais. Foram os únicos, talvez, cujos conselhos brotaram do mais genuíno carinho. "*Como fazem falta, cacete.*"

Aos quinze anos, Janete acreditava que teria, no máximo, mais uma década solteira. Com trinta, imaginava casar-se aos quarenta. Atualmente, próxima de alcançar a marca, desistiu de encontrar alguém com quem partilhar o cotidiano. Mais que isso: hora de desacelerar as aventuras. Embora não esteja nos planos se converter numa santa virgem, o fato é que o corpo começa a cobrar os excessos. O fôlego não é o mesmo. A recuperação matinal não é (nem de longe) a mesma. A ressaca, por outro lado, é mais duradoura. O pior: nos últimos tempos parece que as doenças decidiram se diversificar e tornar o mundo mais chato. E mais perigoso.

Ao contrário do que muitos imaginam, não cultiva frustrações profissionais. Se um dia teve o sonho da arquitetura, jamais foi projeto de vida. Nem arquitetura nem qualquer outra carreira. Montar o próprio negócio tem sido o desejo recorrente. Falta grana. Uma falta recorrente. Não é esse o único percalço, uma vez que os planejamentos não primam pela lucidez, com frequência altera o foco comercial. Ora bijuterias, ora aulas de informática (*"é o futuro, cara!"*), ora roupas íntimas. No momento não tem ideia, mas deseja montar seu comércio, seja em casa, seja na rua. Só não pode ser no shopping, cujo aluguel lhe parece impagável.

Possui bom dinheiro na poupança, mas é intocável, acumulado – pouco a pouco – através dos anos. Será utilizado em caso de terceira guerra mundial ou extermínio humano por vírus oriundo da batalha entre americanos e soviéticos. Por conta dessa obsessão, encrencou-se com agiotas e afins. Gente que não cobra dívidas iniciando as frases com *"por favor"*. Já passou perrengues feios, os quais por pouco não a fizeram profanar a sagrada reserva monetária. Até hoje, por cacoete, assusta-se quando um desconhecido a procura. Tardam poucos segundos, porém, até os nervos recordarem que, graças a Deus (e às próprias manobras), não tem dívidas a quitar.

É mesmo o assunto saúde, com as enfermidades que pululam em nefasta variedade, que tem atormentado o sono de Janete.

15

Entre planejamentos, trabalho e esposa irritada, Silas demorou quase uma semana para retornar à lanchonete. Após a decepção inicial, agradeceu aos céus não tê-la encontrado na primeira tentativa. Não pensara em qualquer motivação especial para justificar a visita. Agora, pelo menos, leva um presentinho. Pensando bem, o plano carece de justificativa plausível para conversar com a "desconhecida" moça do caixa, que o via apenas como mais um entre tantos clientes.

"Olha, achei isto e senti ser a tua cara!" ... *"Veja, não sei explicar, mas temos algo em comum, um sentimento mais forte que a lógica. Talvez esta lembrancinha te diga alguma coisa."* ... *"Eu te amo!"*. No caminho, Silas avalia a melhor abordagem. Lamentável a carência de originalidade, mas ele tem pressa. Finalmente encontrou Janete, por sorte ou acaso dos deuses, e não pode esperar uma luz criativa para abordá-la. Vai do jeito que dá.

Entra na lanchonete no meio da tarde, há poucos clientes nas mesas. Nenhum no balcão. Duas garçonetes conversam entre si, Silas reconhece apenas uma. No caixa, lendo revista, está ela. Cabelos presos, mascando chiclete, óculos na ponta do nariz. E, na avaliação isenta do coração apaixonado, *"escandalosamente bela"*. Sua frio. Não está exatamente suando, mas sente como se estivesse. A coragem e a ousadia, tão vibrantes durante o caminho, titubeiam de maneira vergonhosa. Já foi notado pelas garçonetes, não pode fazer o papelão de dar meia-volta. Observa as mesas vazias, mas não pode sentar, não tem muito tempo, precisa voltar ao escritório. Traz consigo o pequeno embrulho, a caixinha quadrada, como um cubo. Dirige-se ao caixa.

Janete larga a revista e sorri atenciosa. Por conta do silêncio instaurado, pergunta o que deseja. Silas percebe, não foi reconhecido. Chato isso.

— Estive aqui faz uns dias. Esqueci a carteira e você me entregou. Silas Quintanilha.

Ela ratifica a recordação e muda o sorriso. Mais irônico, mais amável, mais mecânico? Silas não desvenda.

— Tudo bem, senhor Silas? O que vai ser hoje? — Ele coça a orelha e sorri com o canto da boca.

— Teu nome é Janete, certo?

Ela confirma enquanto procura se lembrar quando mencionara o nome. Silas coloca o embrulho sobre o balcão e explica se tratar de um presente. Pra quem? "*Pra você, claro.*" Com o olhar, Janete busca Dorneles, o chefe, que não gostaria nada daquilo. Não o encontra, apenas os rostos sarcásticos das duas companheiras.

— Por que isso?

Silas tamborila os dedos sobre a bancada enquanto pensa na resposta para a previsível curiosidade.

— Olha, não sou do tipo que faz essas coisas. Não saio por aí paquerando mulheres. Mas fiquei encantado por você. Não é um pecado tão grande, é? Achei esse objeto outro dia e pensei que seria perfeito pra você. Algo me diz que vai gostar — quase completa com um "*algo me diz que fomos feitos um para o outro*". Contém-se a tempo.

Janete traz o pacote para trás do balcão e o abre. Uma pequena estatueta, mulher de olhos fechados, sentada de pernas cruzadas, as mãos apoiadas sobre o colo, palmas para cima. Veste uma espécie de manta ou vestido, um dos ombros nus. Sobre a cabeça, algo pontiagudo como uma chama solitária. Janete observa curiosa. "*É uma deusa indiana, da fortuna*", explica Silas, repassando a informação fornecida pela vendedora.

— Obrigada — responde sem muito interesse.

— Você deve ter uma coleção esotérica. Achei que iria gostar — Silas comenta — não parece muito entusiasmada.

— Por que acha que tenho uma coleção esotérica?

— Não tem?

— Não — De fato, até então jamais tivera interesse no assunto. Embora aprecie o visual, especialmente das roupas, da cultura indiana, jamais ultrapassara a superficial curiosidade. De qualquer modo, gosta da estatueta. A situação, entretanto, a incomoda.

— Me diga uma coisa, senhor Silas, é casado? — não disfarça a olhadela na mão esquerda.

— É complicado.

— Também acho.

O caminho constrangedor e inesperado que a conversa toma não permite Silas perceber a aproximação de dois policiais. Quando se dá conta, estão ao seu lado. Um de cada lado. O da direita solicita que os acompanhe. O da esquerda pede o embrulho a Janete. "Com a boneca dentro, claro." Janete entrega tudo sem titubear, a situação caminha para fazer Seu Dorneles perder de vez a cabeça consigo. Com Silas, os PMs não encontraram a mesma condescendência.

— O que tá acontecendo? Não fiz nada!

— Assim esperamos. Se o senhor não fez nada, não tem nada a temer. Pode nos acompanhar, por favor?

Entre indignado e embaraçado, Silas os segue até a rua. Janete observa curiosa. "*Que homem estranho.*" A cena chama a atenção de todos, entre funcionários e clientes. Assim como eles, Janete contempla o trio na calçada, parados ao lado da viatura policial. Aos poucos, as demais pessoas vão perdendo o interesse. Não Janete. Analisa os rostos envolvidos na pequena discussão. Os policiais, entre severos e inquisitivos. O tal Silas, entre assustado e revoltado. Os PMs argumentam, o Don Juan de meia-tigela contra-argumenta. Em dado momento, dirigem-se todos ao Ford Escort estacionado em frente, que Silas abre com a chave. Ele entra, sob os olhares atentos dos milicianos e de Janete, e rapidamente retorna à calçada com um papel retirado do porta-luvas. A dupla investigativa observa.

O primeiro policial mostra o papel para o segundo. Ambos trocam olhares. Um bufa, o outro comenta:

— De fato, esta é a nota fiscal do produto.

Silas abre os braços, como quem ouve obviedades. Apesar de não gostarem da atitude, os policiais não têm muito o que fazer. Aquele que bufou comenta que, por pouco, não o levaram até o DP.

— A DP.

— Como?

— O senhor disse 'o' DP quando o correto é 'a' DP. A delegacia de polícia — explica, com imenso sorriso no rosto, o folgado Silas.

— Acontece, meu senhor, que estou me referindo ao distrito policial. Então, ou muito me engano com as regras gramaticais ou é 'o' DP mesmo — resmunga um.

— Tá querendo tirar sarro da gente? — questiona o outro.

Um tanto sem jeito e dirigindo-se ao carro, Silas nega com a cabeça, desculpando-se pela confusão. "*Espera aí*", tem o braço seguro pelo PM resmungão e "convidado" a acompanhá-los, via camburão, até o Distrito Policial. Curioso por saber o que, afinal, fizera de errado, ouve estar com "*atitudes muito suspeitas*" e será conduzido para averiguação. Além disso, a desconfiança de ser furtador ainda paira no ar.

— Como assim? Que desconfiança? Vocês viram a nota fiscal! Tenho meus direitos!

O kit com tapa na cara mais *"cala boca!"* fazem-no silenciar e, constrangido, entrar no veículo oficial. Observando desde o caixa, Janete tenta alcançá-los, mas, quando chega à porta, a viatura sai em disparada, sirene ligada. Uma série de acontecimentos estranhos vêm ocorrendo em sua vida e aquele será acrescentado à lista. Seria o tal Silas um maníaco tarado, procurado por crimes sexuais? Embora possível, não acredita na hipótese. Não com aquela cara de sonso. Sem chance.

— Desta vez eu dei uma dentro, hem, Janete? — interrompe Marlene, a colega garçonete que, ao perceber o rosto confuso da companheira, explica. — Percebi o sujeito chegando de novo com pacote suspeito. Você não falou com o Curió? Pensei que ele tinha dito pra esse sujeitinho não aparecer mais por aqui com essas porcarias roubadas. Ele ofereceu pra você, foi?

Janete a observa confusa.

— Que foi que você fez? Chamou a polícia?

— Mas ele...

— É cliente nosso! Aquele rapaz que procurou por mim outro dia. Voltou pra conversar comigo!

— Ai, caramba. Confundi. Achei que era aquele pilantra, amigo do Curió. Poxa, são parecidos, né?

Perplexa, Janete não acredita. De uma tacada só, perdeu presente e admirador. Meio sem sal o admirador, é verdade. Mas a estatueta era tão bonitinha! "*Bem*", pensa, "*pior pro coitado, que deve passar poucas e boas até tudo ser esclarecido na delegacia.*"

O pior é a dor na bunda, quadrada depois de quase uma hora sentada no banco duro e desconfortável. Ao que consta, está sendo "averiguado". Impossível que percam tanto tempo para conferir possíveis registros a seu respeito. Que poderia haver? Multas? A recepcionista mal-encarada já deixou claro, apenas franzindo as sobrancelhas: não quer mais ser importunada sobre o quanto demorarão, quando será liberado. Foi sorte ter permitido que desse o telefonema. Ligou para o Rogério, no escritório, explicando o mal-

-entendido e avisando que não retornaria naquele dia. Estaria de volta, sem problemas, no dia seguinte, *"se Deus quiser. E o pessoal da polícia"*. É claro, não especificou os detalhes do *"mal-entendido"*.

Não poderia fazê-lo caso telefonasse para Carmen; mesmo assustada, exigiria entender o motivo da detenção. Depois faria questão dos detalhes. Resultado: mais confusão. Melhor não envolver a esposa. Só precisa ir embora a tempo de chegar em casa no costumeiro horário. Quanto ao pessoal do escritório, terá que pensar em sensatas explicações, mas isso é tarefa pra depois. Silas poderia aproveitar o momento de ócio forçado para elaborar uma boa desculpa, mas o exigente leitor deve entender que se encontra nervoso. Há de concordar que, mesmo sem cometer qualquer ato infrator, ser isolado numa delegacia não parece a situação mais confortável.

Vontade de mexer no celular, nem que fosse para ver fotos. Não há celular. Ninguém tem ou terá nos próximos anos. Observa a parede mofada à sua frente. A mancha que a infiltração formou lembra-o uma matilha de cães alvoroçados em torno de uma pirâmide. Criativo, Silas é. Falta foco. Quantos assuntos interessantes poderiam atrair a atenção de Janete? Mas ele sequer consegue trabalhar melhor a desculpa para o chefe.

Das saletas contíguas, ouve o ruído de diversas máquinas datilográficas. Parece o som de chuva monocórdica. Caramba, se chovessem teclas de datilografia, as pessoas correriam sérios riscos em temporais! Os guarda-chuvas seriam de ferro. Quem teria força para carregá-los? Seria uma baita dor de cabeça, sem dúvida. Silas sorri para a recepcionista mal-encarada, que não retribui. Observa o relógio na parede. Trabalha morosamente. Ao fundo, por trás dos preguiçosos ponteiros, há o desenho de uma borboleta. Prestando bem atenção – e Silas presta – parece com os óculos da recepcionista. Desta maneira, vislumbra um quê de poesia na ranzinza funcionária.

— Silas! Tá tudo bem com você?

O chamado o desperta. À esquerda, a esposa entra desesperada na saleta malcheirosa. Ele se levanta, coração disparado. Carmen o abraça, reiterando a preocupação com o marido. Silas pede calma e confirma: tudo tranquilo, não passou de mal-entendido.

— Como você sabia que eu estava aqui?

— Liguei pro escritório e me contaram. Por que você não me avisou?

— Não queria te assustar. Olhaí, você está apavorada. Não é nada. Já, já vamos embora. Houve uma pequena confusão. Acharam que eu estaria envolvido com roubo e receptação, pelo que entendi.

Silas abaixa o tom e confidencia que estava sendo liberado quando se desentendeu com os policiais "*por motivo besta*" e resolveram trazê-lo para um belo chá de cadeira.

— Não entendo. Por que te confundiram com ladrão? O que fazia na rua?

Agora, Silas, é o momento de ser criativo! Foco!

— Eu… Eu...

Ao invés disso, gagueja.

— Não sei o motivo, mas acharam que a estatueta que comprei era roubada. Ou melhor, que eu a tinha roubado pra passar pra frente.

— Estatueta? Por que você comprou uma estatueta? Estatueta de quê?

Não é fácil pensar sob pressão. Os policiais, Silas tira de letra. A esposa, nem tanto.

— Uma deusa. É, parece um buda, mas é magrinha. Deusa da fortuna, me disseram. Lá das Índias. Como aquela novela, Caminho das Índias, lembra? Não me olha assim, tenho certeza que teve uma novela com esse nome. Ou foi minissérie? Claro, tanto faz, não vem ao caso. Pois é, comprei pra um cliente em potencial, precisava ganhar o cara. Soube que era meio esotérico. Coisa de bichona, né? Não sei, também acho bonito até. Só não é pro meu bico. Aí comprei pro cara e, quando estava em frente da firma, os policias me abordaram, dizendo que era produto roubado. Sei lá por que pensaram isso! Perguntar? Você não sabe como o clima ficou ruim, não deu pra perguntar nada. Não pareciam dispostos a muitas explicações, embora exigissem várias. Foi simples, apresentei a nota fiscal. Então, estava tudo resolvido, aí houve um pequeno problema de semântica… É, ortografia ou gramática, não sei. Delegacia ou distrito? Você não tá entendendo? Em casa explico melhor.

O casal se abraça, sob o olhar enfadonho da recepcionista. Carmen parece mais aliviada e pede informações, ouvindo da moça de óculos borboleta que devem aguardar o fim da averiguação. Receosa, Carmen senta-se ao lado do marido. Tem mais sorte que ele: em dois minutos aparece um dos policiais que o abordou e agora o libera. Entrega-lhe o pacote com a deusa da fortuna, acrescentando que "*pode dar a bugiganga pra moça da lanchonete*".

Não, definitivamente, sorte não é algo que acompanhe Silas.

O silêncio no carro é incômodo e Silas não pretende rompê-lo. Falar pode piorar a situação. Carmen o conduz até seu Escort, deixado em frente à lanchonete. Ele indica o caminho e, para todos os efeitos, o veículo está próximo ao escritório do cliente. Não se recorda se haverá imóvel que se pareça com um escritório de qualquer coisa que precise de serviços de engenharia. Tomara que sim, reza em silêncio. Olhos raivosos, Carmen decide romper a quietude:

— Você disse que o presente era para homem. Um cliente.

— Um cliente em potencial. Não fechamos negócio, não sei se...

— Não a merda de uma moça da lanchonete!

— Não, claro que não, querida.

— Não me chama de querida!

— Carmen, aqueles policiais só me sacanearam. Falei algo que não gostaram e resolveram ferrar o meu dia. Não tem mulher nenhuma. Era apenas lembrancinha pra ganhar cliente. Só isso.

Silêncio restaurado. Incômodo, a princípio, mas o sentimento foi se dissolvendo com comentários da esposa, como "*saco de trânsito*" e "*Ricardinho foi bem na prova de matemática*", aos quais Silas respondeu de modo lacônico com "*verdade*" e "*milagre*". Acha melhor não estender demais as prosas, mas sente que o clima aliviou. Afinal, a confusão sob o prisma por ele apresentado não era de todo inverossímil.

Até chegarem ao Escort, estacionado em frente à lanchonete.

Silas procura ignorar tal detalhe e aponta para o sobrado no meio do quarteirão. Aquele seria o escritório do tal engenheiro que arranjara uma obra grande demais para seus recursos e pretendia subempreitá-la. Enquanto explica, já do lado de fora do carro, torce para que, da casa, não saia uma velhinha com touca no cabelo ou crianças com *skate*.

Antes de entrar em seu veículo, Silas acena para Carmen. A esposa vasculha com o olhar o interior da lanchonete, ignorando o sobrado. Conta três mulheres, mas não pode definir os rostos. O ângulo não favorece e há o Escort de Silas no meio. Retorna os olhos para o marido.

— Você me paga — e sai cantando pneu.

16

Outra noite dormindo no sofá da sala.

Os filhos deixam de achar graça e estão preocupados. Silas, porém, encontra uma posição confortável.

17

Samba lelê tá doente. *Tá com a cabeça quebrada. Samba lelê precisava é de umas boas palmadas.*

Tome batucada no volante do velho Fusca. Curió cantarola e assobia enquanto espera pelo retorno de Janete há uns bons trinta minutos. Por sorte, o tempo está fresco, tornando aprazível o ambiente no interior do Volks. Já caminhou pela calçada, tomou duas cervejinhas no boteco da esquina e agora descansa. Será que demora? Pode ser, Janete avisou que poderia demorar uma hora. "*Tomara que não passe disso, de vez em quando a coroa me passa a perna bonito*", confabula. É uma das raras oportunidades em que ambos folgam no mesmo dia, e Janete pedira carona até a casa da amiga, onde precisava ter uma conversa "*séria pra chuchu*". Cansada das viagens diárias de ônibus, queria um carro, ao menos na folga. "*Tua caranga fica pronta quando?*", foi a resposta de Curió, que terminou concordando inclusive em esperá-la até a volta. "*Helena não gostaria nada disso*", pensa Curió, decidido a ocultar os fatos da esposa. Melhor não arriscar. O leitor concordará. A leitora também. Além do mais, angariou um dinheirinho extra. As duas cervejas, diga-se, vão pra conta de Crazy Janet.

Dali a dois minutos, Janete aparece, saída do portão do prédio. Não demorou tanto, no fim das contas. Ao entrar no carro, Curió percebe o quanto chora. Chora de modo copioso. *"Que aconteceu? Tá tudo bem?"* Janete apenas chora, olhos fixos no vidro da frente, mão direita cobrindo a boca. Olha rapidamente para Curió. Soca a maçaneta da porta. E chora.

"Vambora", pede. No trajeto, lágrimas e soluços diminuem pelo caminho. Curió arrisca esclarecer a dúvida mais cretina: *"tá tudo bem?"*. Ouve a óbvia resposta.

— Não.

Meia hora antes, Janete toca a campainha do apartamento de Karina, que em poucos segundos abre a porta. Estava ansiosa pelo encontro, boa parte por conta do estranho telefonema de Janete, três meses após o famoso encontro.

— Você me deixou curiosa.

Cumprimentam-se com educados beijos nos rostos (nada a ver com aqueles de três meses antes) e vão à sala. O apartamento é simples, bem arrumado e limpo. Janete calcula que Karina seja uns dez anos mais nova que ela. "*Deve estar com vinte e nove ou trinta.*" Desempregada, divide o apê com a colega jornalista. Nesse período "*disponível no mercado*", pai e mãe a ajudam a bancar as despesas, incluindo sua parte no aluguel. Karina oferece cerveja ou refrigerante. Janete opta pela primeira opção. Após amenidades sobre a correria do dia a dia e ao perceber Janete hesitante, Karina pede para ir direto ao assunto.

— O Fred foi internado no hospital.

Karina bambeia.

— Aids.

Nocaute.

À mente da jovem chegam – fracionadas, ligeiras, vívidas – as cenas do tal encontro. Ela, Janete e Frederico. O moço já as conhecia e encontraram-se no aniversário do amigo em comum. Bebida vai, droga vem, rumaram os três para a casa de Fred. Os pais haviam viajado e ele aproveitou para economizar o motel, levando as amigas para uma festinha na própria residência. Embora com 37 anos, o rapaz vivia sob as asas dos pais. Houve mais álcool, mais entorpecentes, muito sexo e nenhuma proteção.

— Caralho. O que foi que a gente fez? — desola-se Karina, sem aguardar qualquer resposta. — Como você ficou sabendo?

— O Júlio contou. Estava arrasado.

— Ele estava tão bem! Não pode ser! Não pode ter ficado mal de uma hora pra outra.

— Não sei. Não entendo muito. Na verdade, não entendo nada. Tô apavorada tanto quanto você. Não sabia se alguém tinha te contado e, pelo telefone, percebi que não. Por isso estou aqui.

Karina começa a chorar. *"Não quero morrer!"* Janete a abraça e, apesar do esforço, tampouco contém as lágrimas. São poucas; de fato, também está apavorada.

— Aquele filho da puta! — explode a jovem desempregada. — Aposto que sabia! Por isso queria foder com a gente. E fodeu! E fodeu! Vou matar aquele cretino!

Pedir calma? Melhor não. Restringe-se a explicar que o melhor é fazer o teste de HIV. Ela já fizera, falta buscar o resultado. Karina grita que é perda de tempo, as duas estão fodidas mesmo. Janete estanca as lágrimas e segura a mão da parceira de infortúnio.

— Quem sabe? Não temos certeza. De qualquer forma, só temos essa opção. A dúvida vai nos matar.

— Sério isso? Você acha que é a dúvida que vai nos matar? — Karina gargalha. Janete a abraça novamente e deixa que chore em seu ombro. Lembra-se do Henfil. Um arrepio gelado percorre o corpo.

Após Karina se acalmar, trocam informações sobre coisas práticas, como onde realizar o tal exame. Então a jovem pede pra ficar sozinha. Enquanto desce pelo elevador, Janete desaba.

18

Madrugada de sábado, 01h08min. O corpo está doído de tão cansado. Silas boceja. Enquanto espera, senta-se na cadeira próxima ao balcão. Cadeira dura, madeira velha, sem qualquer estofamento. A esta altura da noite, ou melhor, da madrugada, serve. Apesar da precária iluminação, observa a desenvoltura das manchas da parede, próximas à laje. Silas e as ilusões paredesíacas. Desta vez não as associa a qualquer imagem. Apenas contempla. *"Como a vida dá voltas, caramba."* Suspira. Da porta atrás do balcão, surge Curió.

— Seu Silas? Que tá fazendo aqui?

— Já pedi pra não me chamar de 'Seu', apenas Silas. Boa noite, Curió. Preciso de um lugar pra descansar. Só por hoje, talvez duas noites. Tem quarto pra mim? — O tom é levemente embriagado.

Curió observa a mala que acompanha o novo visitante.

— Claro, tem sim. O senhor parece cansado. Pelo jeito as coisas não saíram como planejado, né? Bom, amanhã a gente conversa. Vem por aqui, Seu Silas. Quero dizer, Silas.

Antes de fechar a porta do quarto, Curió quer matar a dúvida:

— Como o senhor me descobriu aqui?

Sexta-feira, 21h44min. Silas está na bilheteria da casa noturna no Largo da Batata, assustado com o preço da entrada. *"Tudo isso?"* O bilheteiro o observa com desdém. O pessoal da fila ri e Silas, na certeza de ser alvo das piadinhas, acerta o valor e entra. Música alta, pouca iluminação e frequentadores com metade de sua idade. Há um ou outro mais velho, e entre esses pretende localizar Janete. Passeia pelos ambientes, prestando atenção nos grupos de mulheres. Encosta no bar e pede cerveja. Há duas garotas ao lado e a loira abre o sorriso ao vê-lo. Deve curtir coroas. Em poucos segundos, entretanto, franze a testa e ambas partem para outro canto. Silas desconfia da influência de seu fedor e desalinho. Teria sido razoável uma ducha antes, não? Sim, teria.

São três cervejas, dois esbarrões e muita, muita música ruim. "*Se fosse música, tudo bem. Apenas barulho de guitarras.*" Nenhum sinal de Janete. O cansaço começa a vencer os ânimos. Só o que faltava, informação errada. Ou, quem sabe, ela mudou de ideia. Ou as amigas mudaram de ideia e ela não teve outra opção a não ser alterar os planos. Ou... dane-se, Silas não tem muitas alternativas. "*Mais meia hora e vou embora. No máximo, uma hora. De duas não passo!*"

Não precisa esperar nem uma hora. Janete ri com outras quatro mulheres, todas na mesma faixa etária, bebidas nas mãos. Observa-a de longe. Em dado momento, baladinha tocando ao fundo, passam a dançar discretamente entre si, sem interromper o entretido papo.

Com passos cadenciados, Silas aproxima-se do grupo; ao passar pelo lado direito, levanta o copo e cumprimenta Janete, cara de surpreso. A surpresa, porém, é que ela sequer nota. Encabulado pelo discreto fracasso, Silas segue em frente torcendo para que ninguém tenha percebido. Coragem restabelecida, decide pela abordagem direta. Meia-volta, toca no ombro de Janete.

— Oi! Você por aqui?

Janete emudece o sorriso. "*Desculpa, te conheço?*", devolve por educação, prevendo outra cantada barata.

— Silas. Silas Quintanilha. O cara que esqueceu a carteira com você, no caixa.

— Ah, sim. O cara casado.

Silas mostra a mão esquerda, sem qualquer aliança ou adorno.

— Cuidado! Se ela te pega assim, você é um homem morto. Não quero encrenca pro meu lado!

Apenas uma conversa é o que Silas sugere, mas ela não pode abandonar as amigas. Vieram juntas, pretendem colocar o papo em dia e rir um bocado. Não estão ali pra paquera. A maioria, aliás, é comprometida. Não adianta argumentar – e mentir – que não pretende seduzi-la. Dizer que pretende apenas "*conhecê-la melhor*" vai soar a cantada barata.

Ele recua. Melhor não forçar ou colocará tudo a perder. Janete é tudo. Talvez, quem sabe, o que falte seja exatamente a coragem pra forçar a barra? Lógica ruim, mas Silas a segue. Mais cerveja. Procura não perdê-las de vista. Pede um lanche, está com fome e dirige-se ao restaurante, que possui até mesas. Permanece de pé, num dos balcões, e devora o cheese-salada. Ou melhor, xis-salada. Melhor ainda, x-salada. Observa na parede a propaganda anunciando o show da banda de rock. Será ali mesmo, à meia-noite, ao vivo. "*A coisa vai longe. Espero cair fora antes desse suplício.*"

Outra cerveja. A valentia para nova abordagem está quase no ponto. Janete e as amigas se agitam pela pista da casa noturna. Alerta acionado! Movimentam-se de modo estranho e parecem ir embora. Silas se desespera, não pode perdê-la. Rumam à saída. Silas as rastreia e, para seu alívio, tomam a direção contrária à bilheteria, seguindo por um corredor estreito, com bancos de concreto numa das paredes; do lado oposto, duas portas ao final do corredor que, crê Silas, sejam dos banheiros. Prefere não avançar. Se forem tirar água do joelho, não poderá acompanhá-las; melhor permanecer ali, requebrando discretamente o corpo, exibindo todo o desengonçado molejo.

Mais guitarras. Os ouvidos de Silas estão zunindo e despertam-lhe uma vontade angustiante por silêncio. Absoluto, sereno e impassível silêncio. A agonia deve durar bastante.

Com a atenção voltada ao corredor, percebe que as janetianas não avançam aos toaletes. Estacionam no meio do caminho e parte delas está ajoelhada em frente à bancada de concreto que faz as vezes de banco. Silas fixa o olhar, procura identificar o que ocorre. Janete está de pé. Quando inicia lenta caminhada em direção ao grupo, é ela quem se ajoelha, após uma das amigas soltar a cabeça para trás, sob um leve grito, e em seguida levantar-se. Outro esbarrão enquanto caminha, Silas maldiz aquele povaréu. Três metros. Um metro.

— Janete! O que é isso?

A carreira é interrompida pela metade. Janete levanta o rosto com restos de cocaína no nariz. Funga pra completar o serviço e se levanta. Furiosa. Sob o olhar atônito das amigas, empurra Silas corredor afora.

— Agora chega! Quem você pensa que é?

Silas tenta argumentar, os empurrões de Janete dificultam. Vira as costas para a futura companheira enquanto ela o estapeia e impulsiona rumo à saída. Na calçada, dedo em riste, Janete cobra explicações. Em seguida, dispensa explicações e deixa bem claro não querer nada com ele. Silas nunca a viu (ou nunca a veria) tão brava.

Os seguranças perguntam se está tudo bem. Antes que Silas elabore a resposta, Janete confirma: tudo sob controle. E prossegue:

— Olha, você parecia um cara legal. Meio careta demais, mas legal. Só que não tô gostando nada disso. Você é casado! Por acaso tá me seguindo?

— Não é bem assim, Janete. Desculpa, perdi o controle quando te vi lá...

— O que eu faço é problema meu! Você não tem nada a ver! Não tem qualquer direito...

— Eu sei! Desculpa. E se faz alguma diferença, saiba que nem tô mais casado.

— Desde quando?

— Desde hoje.

— Cai fora.

— Olha bem nos meus olhos. Lá no fundo! E diz que não sente nada por mim. Que nunca sentiu nada por mim! Nadinha.

Cada louco que me aparece, é o pensamento de Janete. Olhando profundamente nos olhos, dispara:

— Não sinto nada por você, rapaz. Aliás, como você pode sentir algo por mim? A gente só se viu uma vez.

— Você acredita em amor à primeira vista?

— Acredito. Não é o caso.

Silas sente o golpe. As coisas não saem como imaginou. Deveria estar calejado, a vida nunca sai como se planeja. Morde o lábio superior. Resignado, dá meia-volta e segue ao estacionamento vizinho à casa noturna. Solicita o carro. Antes do Escort, chega Janete.

— Você fez de propósito? Deixou cair a carteira. Toma.

Silas nega, seria um absurdo. Mas, sim, fez de propósito. A simulação foi perfeita.

— Você parece um cara legal, já disse. Acontece que esse tipo de coisa não dá pra forçar, entende? Claro que entende, você é inteligente. Meio sujo, bêbado, mas inteligente.

É a segunda pessoa em dois dias de quem ouve ser *"um cara legal"*. Como se isso ajudasse em algo! Silas sorri, desanimado. Tampouco o truque fuleiro dá o resultado esperado. Na verdade, largar a carteira foi um ato desesperado de última hora, não sabia o que esperar, talvez outra conversa. Ela está ali, que dizer? Pense, Silas, pense! O carro chega. Ele aponta para o banco traseiro.

— Tá vendo a mala? Pois é, separei hoje. Verdade.

Janete observa a tal mala.

— Eu não tenho nada a ver com isso. Não tenho nada a ver com você. Quero que entenda.

Silas despede-se com um aceno. Dá a volta no carro e indaga ao manobrista se conhece qualquer hotel baratinho que não seja onde Judas perdeu as botas.

— Tá mesmo procurando um lugar pra ficar?

Janete quer saber. Silas confirma, o coração explodindo de expectativa.

— Um colega meu trabalha com pensão. Não é grande coisa, mas é barata e boa. É a família quem cuida. Conheço o pessoal e é gente muito bacana — E assim, expectativa estraçalhada, Silas ouve atentamente onde fica a pensão familiar de Curió.

Ante de dar partida, Silas ouve a dúvida de Janete:

— Como soube que estaria aqui?

Sexta-feira, 08h29min. Dia preguiçoso, o tempo nublado colabora na composição do clima. Carmen aproveita a tranquilidade da casa, que findará na hora do almoço, para realizar as cotidianas tarefas "*de todo santo dia*". Acabou de lavar a louça que Silas e os meninos abandonaram no café da manhã e irá recolher a roupa suja pelos cômodos da casa. Dia de lavar indumentárias laborativas, estudantis, esportivas ou simplesmente domésticas. As piores são de Ricardinho, no seu furor adolescente. Um fedor. O mais chato é revirar bolsos, um a um, de cada calça, bermuda ou shorts em busca de porcarias deixadas e que possam atrapalhar a perfeita lavagem. Clipes, pedaços de papéis ou, pior de tudo, dinheiro. Prejuízo duplo.

São poucas as tranqueiras encontradas até chegar na calça que o marido usara no dia anterior. Num dos bolsos da frente, o papel dobrado duas vezes. Lixo ou recado importante? Lê para descobrir. Pasma, relê o bilhete duas vezes. Pensativa, permanece imóvel. Guarda o papel no bolso da camisa e prossegue, mecanicamente, com a arrumação das roupas.

Durante o almoço, Ricardinho estranha a quietude materna. Como a intenção é matutar um jeito de conquistar a moreninha, aprecia não ser "importunado" com interrogatório sobre seu dia. Sempre igual, afinal. À tarde, Carmen assiste televisão. Esclarecendo: os olhos assistem, a mente viaja. Elabora, calcula. Aborrecida, decide varrer a casa, a cabeça nos mesmos pensamentos. Sequer ouve o filho despedir-se ao sair para a aula de inglês.

Casa varrida, vai ao quarto. Abre a mala sobre a cama e, no interior, despeja diversas peças retiradas do guarda-roupas. Apenas um par de sapatos. Observa a mala, observa o guarda-roupas. Fecha o zíper da bagagem e limpa a única lágrima que quase ganha seu rosto.

A luta para largar o fumo tem novo revés e Carmen senta-se com o maço de cigarros na cozinha.

Ao anoitecer, pouco depois das sete horas, Silas estaciona o carro na garagem. Antes de sair do Escort, toma fôlego e coragem. A esposa não vai gostar nada de outra saída noturna "*com amigos*". Não pode, porém, perder a grande chance deste dia, ela que entendesse. Ou não. Paciência. Silas sabe que o casamento não durará muito mais, portanto as fichas devem ser apostadas no grande objetivo de vida: reconquistar o futuro amor.

Ao abrir a porta de casa, dá de frente com a esposa sentada no sofá. Cumprimentam-se. Silas percebe o clima. Que houve? Carmen devolve com outra questão: pretende sair esta noite? Pego de surpresa, o marido titubeia.

— Vai, não vai?

— Então, Carmen, é que...

— É com Janete?

— Como?

— Responde, desgraçado!

Ante a imobilidade – inclusive vocal – de Silas, Carmen estende a mão com o papel encontrado no bolso da calça. Silas reconhece, tem o nome de Janete, a data de hoje e o endereço da casa noturna no Largo da Batata. Merdeou.

— Nunca esperei isso de você, Silas — os olhos de Carmen espumam raiva. — Quero que vá embora desta casa. Agora! Aqui você não fica! Nunca mais quero olhar pra tua cara.

— Carmen...

— Quero que você morra, seu filho da puta!

Silas constata a mala ao lado do sofá.

— Já tá tudo pronto pra sair por onde entrou. Pode levar suas merdas com você — Buscando ganhar tempo, ele pede para, ao menos, usar o toalete.

— Vai embora! — Carmen grita e chora. Ou chora e grita.

Ele busca qualquer pista dos filhos, mas parece não haver mais ninguém em casa. Melhor assim. Percebendo a inviabilidade do diálogo e sem esmorecer no objetivo de encontrar Janete, Silas pega a mala e volta por onde entrou. Aos soluços, Carmen vai pra cozinha. Antes de sair, Silas recolhe o papel incriminador, desprezado no chão. Não tinha intenção de criar uma cena dessas e se penitencia: como foi deixar o bilhete desguarnecido?

Quinta-feira, 13h46min. O movimento na lanchonete diminuiu e os funcionários podem respirar um pouco. Marlene, a garçonete, entrega a conta aos funcionários de um banco. Curió, o "faz-tudo", limpa as mesas que vão sendo abandonadas. Janete, no caixa, cobra os clientes que, com preguiça, acertam as contas antes de retomar o batente. Mesmo lamentando a ausência de rádio no velho Fusca, Curió planeja a viagem à praia; Helena e o moleque vão adorar. Uma hora, no máximo, de estrada. Se conversarem bastante nem sentirão falta de música. Ele sonha com o mar "cara a cara" quando percebe entrar Silas, olhos atônitos em busca do caixa.

Antes de alcançar a fila dos pagantes, Curió intercepta-o e o conduz de volta à rua. Silas não gosta nem um pouco, pretende trocar duas palavras com Janete. Se estiver muito ocupada, combinam outra hora. Mas o papo é com ela.

— Sem chance, cara. A Janet tá ocupada e, além disso, a cabeça dela tá cheia de problemas. Não acho que você vai ajudar. Aliás, tenho certeza que só vai atrapalhar.

— Por tudo nesta vida, o que menos quero é qualquer mal pra Janete. Você a chamou de Janet?

— É. Crazy Janet. Meu apelido pra ela. Qual o problema? E teu nome?

— Silas.

— Então, Seu Silas, se você quer o bem dela, é melhor esquecê-la por um tempo, até ela se organizar.

— O que ela tem?

— É pessoal, entende? Não sei direito o que é e, se soubesse, não ia te contar. Não leva a mal, Seu Silas, mas nem te conheço direito. Até onde sei, nem a Janet te conhece.

— Não precisa me chamar de 'Seu', apenas de Silas.

— Tanto faz, Seu Silas.

Da calçada, Silas a observa no caixa. Janete atende os clientes, rosto sério e sereno. Não se parece com a Janete sorridente que povoa as recordações, essa é angustiada. Nervoso, Silas esfrega as mãos, não sabe o que fazer. Troca olhares com Curió. Que acontece, afinal? Quanto mais tempo sem contato com ela, maior a angústia.

— Seu Silas, olha só, você parece um cara legal. Meio estranho, mas legal. Então peço, por favor, pra não incomodar a Janet no trabalho. A última coisa que ela precisa é perder o emprego. Neste momento, quem se aproximar dela deve trazer tranquilidade, carinho, somar coisas positivas. Se for pra encher o saco, melhor manter distância! — No íntimo, Curió sente que esse sujeito careta e "certinho" pode ser o tipo de amizade que servirá como um salva-vidas no meio do oceano aberto. Por isso, conclui:

— Se o senhor pretende mesmo ser a pessoa que pode ajudar, vou te passar onde ela estará amanhã à noite.

Curió informa a casa noturna onde a colega estará com amigas na noite seguinte. Silas não tem a menor ideia de onde fica isso. O rapaz, didaticamente, anota tudo no verso do bloquinho de pedidos, arranca a folha e a entrega. Dia, horário, local e até o nome de Janete para não haver dúvida. Feliz da vida, Silas o abraça e agradece repetidamente. Antes de retomar o trampo, Curió sente-se obrigado a dizer: apesar de "*gente boa*", Silas não terá a menor chance com Janete. Ou Janet.

— Isso é o que vamos ver! — retribui Silas, sorrindo.

No trabalho, durante todo o dia, e em casa, à noite, todos os pensamentos foram intercalados com a possibilidade de, por fim, conversar tranquilamente com Janete. Não come direito. Não trabalha direito. Não conversa direito. Não pensa direito. E deixa o bilhete esquecido no bolso da calça, mesmo sabendo que seria recolhida por Carmen para lavar.

Fim de capítulo. Fim de casamento.

19

O bolo de fubá está delicioso, um alento. Ao contrário, o sábado não parece promissor, bem como o futuro a curto prazo. Silas está se cansando de 1988, ou melhor, 1989, que o ano mudou faz tempo. Vários aspectos da vida também se alteraram, não como esperado. Janete ajoelhada para a cocaína não sai de sua cabeça. Durante os três anos juntos, ela admitiu o uso de maconha, mas fazia troça quando mencionavam outros entorpecentes. No fundo, Silas sempre desconfiou de usos esporádicos. Não sexagenária, mas quando jovem. Ou nem tão jovem, deve estar com trinta e oito ou trinta e nove, não tem certeza. A memória tem apresentado estranhos lapsos.

Apesar da desconfiança, preferia não confirmar. O que ficara para trás, atrás ficara. Agora, entretanto, a imagem – atual – não lhe sai da cabeça.

Silas está sozinho na pequena copa da pensão mantida pela família de Curió. Na verdade, pela família da esposa. A sogra é quem administra e a parentaiada colabora, inclusive Curió, que neste momento chega devagar, bocejando, e cumprimenta Silas, que lhe pede para sentar consigo. Quer conversar. Sobre Janete, claro. Num relato curto, resume os acontecimentos da noite anterior, para divertimento de Curió.

— Desculpa, Seu Silas, é muito engraçado. O senhor se deu mal mesmo! Eu disse que seria complicado com a Janete.

— Tá certo, rapaz. Você comentou sobre os problemas dela. Afinal, o que é que ela tem?

Curió titubeia, procura desconversar, Silas insiste. O jovem garçom sente um misto de simpatia e pena do quarentão desesperado pela mulher que mal conhece e que nada tem a ver com ele. Quase tem solidariedade. Sapeca, quer conferir até onde chegará. Quer ver o quanto esse Don Juan de Araque vai quebrar a cara.

Infelizmente, ele não sabe mesmo qual o grande problema de Janete. Conta, sem detalhes, ter presenciado Janete chorando de maneira aflita. Ela, claro, não explicara o motivo.

— De vez em quando ela se enrola com dinheiro, mas não creio que seja isso. Nunca deu muita bola pra grana, não.

— Dinheiro? Será que precisa de algum emprestado?

— Não acho que você esteja em condições de emprestar agora, né? — ri e prossegue. — Precisar mesmo, não acredito. Que eu saiba, tem grana guardada na poupança, mas não mexe de jeito nenhum. Lá só entra, não sai nada. Então, quando aparece qualquer imprevisto, pega emprestado com um pessoal que ela conhece da época dos perrengues.

Perrengues? Silas fica curioso e descobre que ela, desempregada, passou por sérias dificuldades. Chegou a apelar para agiotas que não primavam pelo fino trato ao cobrar dívidas. Sem tantos detalhes, durante o relacionamento sexagenário Silas soube acerca desse período, que Janete evitava recordar. Incomoda-o que o tal Curió soubesse tanto.

— De vez em quando aparecia um sujeito estranho procurando por ela na lanchonete. Só por conta dessa doidice de não mexer na poupança. Por isso não gosta que a procurem no trampo. Fica nervosa. Além do mais, o Seu Dorneles fica brabo.

— Dorneles? — O patrão, explica Curió.

Enquanto repete o bolo de fubá, Silas ouve a sugestão de chegar mais "suave". Sem estardalhaço, conquistando aos poucos. Silas sequer sabe se terá tempo para agir nesse ritmo; de qualquer modo, não parece haver melhor alternativa.

— Que tal uma fita? É! Da hora! Você grava a fita cassete com umas músicas bem românticas e dá pra Janete. Comigo funcionou. A Helena ficou caidinha, se bem que ela já pagava um pau pra mim.

Silas pondera faltar-lhe toda a parafernália para o objetivo. Além do mais, está velho para gravar "*fitinhas de música*". Quem sabe comprar um disco? Pergunta a Curió quais LPs ela tem. O rapaz sequer faz ideia do tipo de música que a colega gosta. Talvez deva mudar o foco: outra deusa hindu? Um quadro de mandala?

— Curió, agora você virou hóspede? Porque tô precisando de ajuda pra limpeza. Vai vadiar até que horas?

É Helena quem chega, a distinta esposa com o filho ao lado. Silas cumprimenta e brinca com o menino. Toninho é o nome, balbucia a criança. Certamente apelido, mas Silas não teve a grossura de corrigi-lo. Às vezes acerta nas atitudes. Às vezes.

— Desculpa, minha linda, tô indo. É que meu amigo tá apaixonado por uma mulher e não sabe o que fazer pra conquistá-la. Já sugeri a fita cassete, como foi com a gente, mas ele não gostou muito.

— Fita? Curió, tu é mesmo lesado. Já deu flores, seu moço?

Flores? Óbvio. Obviamente foi preciso uma mulher apontar o caminho. Após a tentativa frustrada com a Janete errada, esquecera da ideia.

Entusiasmado, Silas pede a Curió o endereço de Janete. "*Peralá*", observa o rapaz, ressaltando que "*aí já é demais*". Apesar de tudo, salienta, não o conhece direito e não pretende passar a informação. As flores podem ser entregues na lanchonete, em horário de pouco movimento, "*assim não acredito que dê merda, não*". Helena fica surpresa ao descobrir que o alvo de tanto romantismo é Janete, "a tal" que trabalha com o marido. "*Acho muito bom essa aí encontrar alguém. Não gosto das asinhas que levanta pro Curió.*"

Helena se afasta, reiterando o pedido de ajuda ao marido "molengão". Ao sentir o olhar pouco amistoso de Silas, Curió garante não passar de amizade o que tem com Janete, a quem admira pela garra e personalidade. "*Só que a Helena vê maldade nas coisas. Sabe como é mulher, né?*" Silas suspira.

— Vamos fazer o seguinte, meu chapa, vou te passando os locais onde pode encontrar com ela. Só que a Janete não pode desconfiar disso! Quem sabe, se você fizer as coisas direitinho, ela própria te passa onde mora.

Fazer as coisas direitinho. Aí complica pra Silas.

20

O sangue é saboroso e deixa tanto nos lábios quanto na língua a sensação gostosa. Prazer? Masoquismo? Há restos do líquido vermelho e viscoso na lâmina da faca. Sentada na mesa da cozinha, Janete chupa o dedo, cortado enquanto fatiava a carne. Contempla o dedo com a gota de sangue na ponta. Sangue infectado. Será? Não parece. Cor e densidade iguais às que sempre viu, em si ou nos outros. Grande coisa. Fosse tão fácil distinguir, seriam desnecessários os exames.

O pensamento vagueia entre retrospectiva e perspectiva. Avalia o que foi vivido e projeta o futuro. Como planejar, caramba, ignorando quanto tempo de vida resta? Mas, afinal, quem é que sabe? Ao menos se houvesse qualquer projeção. Com o resultado do exame, terá um parâmetro.

Ora, a quem quer enganar?

O planejamento é a curto prazo.

Eis a grande vantagem de não ter pais vivos: desnecessário avisá-los. Com os demais parentes, perdeu contato. Tios e primos que vivem sabe-se lá onde. Se morrerem, não lhe farão falta. E é ela, Janete, quem não lhes fará falta. Por sorte, não teve filhos. Sim, é isso. Que puta sorte.

Serena, retém a lágrima que quase lhe escapa. Tampouco há amigos que sentiriam a perda. Os laços superficiais com as companheiras de final de semana não sustentarão mais que uma lamúria emocionada antes de combinarem a noitada seguinte. Os colegas de trabalho, quem sabe, lamentariam perder a funcionária dedicada. Quanto tempo para esquecê-la de vez? Uma semana? Três dias? É, seria isso: Curió tardaria sete dias; Marlene, três. Seu Dorneles, poucas horas.

Se ao menos estivesse namorando...

Que piada. Considerando os últimos relacionamentos, esses trastes não ajudariam em nada. Atualmente, o mais próximo de um paquera é o almofadinha inócuo que esqueceu a carteira na lanchonete. Que infeliz para-raios ela tem sido para homens desqualificados. Além de inconveniente, o tal Silas possui um dos rostos mais insignificantes já encontrados. Com a cabeça repousando nas palmas das mãos, constata que – passados alguns meses – não se recordaria de um semblante desses nem se quisesse.

É o que tem para seus últimos dias.

Se bem entendeu a informação do enfermeiro, tem pelo menos dez dias até o resultado do exame. Se não houver atraso, claro. Será, com certeza, o decêndio mais comprido da vida. Com certa dose de exagero, espera chegar viva ao final do período. Caso não ocorra, que enfiem o resultado no cu. Janete torna-se nervosa e repentinamente exaltada. Nada bom para quem pretende manejar objetos cortantes. Levanta-se e, na pia, segue com a operação de fatiar a carne.

O dedo parou de sangrar. O coração, recém começou.

21

Sem paciência para esperar, logo na segunda-feira Silas está com o buquê de rosas nas mãos, ou melhor, no banco do passageiro de seu Escort, indo em direção à lanchonete. Após o trabalho, passou pela floricultura e escolheu as flores mais belas ou, pelo menos, aquelas que a vendedora apontou como mais belas. Não, preocupado leitor, ele não as entregará durante o expediente de Janete. Por meio de seu "agente infiltrado", codinome Curió, descobriu o horário em que ela largará o serviço e decidiu esperá-la do lado de fora. O plano é oferecer-lhe carona quando estiver no ponto de ônibus e, sem muita delonga, presenteá-la com o perfumado agrado.

Não parece tão ruim.

Sem vagas disponíveis por perto, deixa o carro um quarteirão depois da lanchonete, na rua transversal, impossibilitando-o de avistar, a partir do próprio veículo, a saída da amada. O remédio é ficar na esquina, parado, como se estivesse esperando alguém. Não deixa de ser verdade, afinal.

Dez minutos, nada. Vinte minutos, tampouco, e as pernas começam a cansar. Então um carro sai e deixa a vaga disponível a poucos metros do alvo. Silas titubeia, temendo perder a saída de Janete mas, por fim, decide correr até o Escort e trazê-lo para mais próximo. Ao chegar, o espaço foi preenchido por um Passat. "*Maldito.*" A situação melhora ao retornar à vaga anterior, também ocupada, desta vez por um Chevette. "*Carambola.*" O carro de Silas termina a dois quarteirões de Janete. A logística vai se complicando. Com passos rápidos, caminha em frente à lancheteria e confere que ela permanece na labuta. Aguarda na outra esquina. Mais dez minutos e nada. Com quinze minutos, ela sai. Silas teme perdê-la caso vá até o carro, mas pondera que o impacto de encontrá-la no ponto de ônibus e oferecer-lhe carona é melhor do que chegar a pé. E dará a impressão de encontro casual. É o que ele pensa, ao menos. Em segundos, antes de tomar o caminho do carro, percebe que Janete não vai ao ponto de ônibus. Chave na mão, entra num Monza preto.

E agora? Corre atrás? Vai até o Escort?

Silas dispara pelos dois quarteirões até seu carro. "*Que droga, que droga, que droga!*" Erra as duas primeiras tentativas de enfiar a chave na porta, a terceira é boa! Com o carro em movimento, roga para que Janete, por qualquer motivo, esteja lenta em seu percurso. Não se sabe bem a quem rogou mas, antes de dar partida, Janete revirou a bolsa em busca de algo que não encontrou. Nisso, passaram quase dois minutos. Assim, quando chega em frente à lanchonete, Silas avista o carro de Janete no quarteirão seguinte. O trânsito não permite aproximação maior e a situação se agrava quando ela passa pelo semáforo, que se avermelha em seguida, represando a tropa que segue com o Escort.

O Monza avança até se perder de vista. O farol esverdeia, Silas buzina e acelera. O motorista da frente manda-o passar por cima; ele finge que não ouve e ultrapassa pela esquerda. Ao longe, avista um Monza escuro dobrando à direita. Será ela? Sem alternativas, é a única pista que possui. Entra na mesma rua. Quer alcançá-la antes que chegue em casa, não quer parecer um desses perseguidores malucos.

Ainda bem.

A distância diminui e continua na dúvida de seguir o veículo correto. O Monza estaciona numa rua tranquila, residencial. Ele para três vagas à frente, na calçada do outro lado. Para sua satisfação, é Janete quem sai do carro. Está séria. Aciona o interfone no portão do prédio e, após breves segundos, entra, liberada pelo porteiro. Não é sua casa. Será de algum paquera? Silas procura controlar o ciúme. "*Merda.*" E se não sair sozinha? Pode não ser homem; quem sabe, amiga. Ou várias amigas. E se sair apenas ao amanhecer? "*Puta que o pariu.*" Já que chegou até ali, Silas decide esperar. Ao menos, desta vez, está sentado. Esperará no máximo uma hora ou duas. As flores estão ali. A fome bate de leve, Silas retira do porta-luvas a barra de chocolate, quente e derretida. É o que tem.

Enquanto lambe dedos sujos de cacau, avista Janete sair do prédio. A conversa – ou seja lá o que tenha ocorrido – foi rápida. Silas parte com o Escort logo atrás do Monza. Que fazer agora? Não pode pensar demais. Se não utilizou o tempo de espera para planejar algo, não será agora que o fará. Após dois quarteirões, ela para no farol. Silas emparelha ao lado. Aciona levemente a buzina, abaixa o vidro do passageiro e, mais uma vez, acena com a mão. Janete não esboça reação ao vê-lo. Os olhos são frios. Não era a situação planejada. Silas levanta as rosas e as oferece: "*São pra você*". Não há qualquer reação de Janete.

O farol esverdeia e ela movimenta o carro. Confuso, Silas permanece imóvel. Para sua sorte (um pouco, que seja) não há outros motoristas a buzinar-lhe a traseira. A sorte parece aumentar quando o Monza estaciona no quarteirão seguinte. Janete sai do carro e fica de pé na calçada. Animado, Silas segue até o local e desce com o buquê.

Janete cruza os braços e espera. Está cansada, física e emocionalmente. Acaba de sair da casa da antiga colega, onde foi emprestar-lhe um livro. A filha da tal moça precisa elaborar um projeto qualquer e o livro será útil. Aproveitaram para colocar rapidamente as fofocas em dia; entre elas, Janete soube que Fred (aquele do sexo a três) fora visto por outro amigo e estava magérrimo. "*Santo Deus, disse que parecia uma caveira ambulante. Que será, hem? Faz poucos meses estava tão saudável! Pelo menos é o que parecia, né? Você ficou sabendo do que estão comentando? Parece que tem aquilo...*" Sim, Janete sabia, mas nada comentou. Soltou um "*nossa senhora*" e alegou pendências pra resolver, despedindo-se.

Agora indaga o homem com rosas nas mãos: "*O que você quer?*"

O tom é agressivo.

— Sei que não parece um bom momento, mas comprei estas rosas pra você.

Ela as recebe. Silas pergunta o que houve, se pode ajudá-la em qualquer coisa. Após eternos cinco segundos de olhar gélido, Janete joga as flores no chão e dispara nas coitadas uma bicuda digna de centroavante. E solta o verbo em velocidade digna de narrador de rádio. Inicia com "*seu playboyzinho de merda*" e segue indicando como ele a incomoda, sem qualquer atrativo digno de um homem de verdade. No meio da verborragia, Silas ouve que deveria cuidar da família, que está cansada de relações superficiais e de outros aspectos que ele pouco entende. Quando entende, não concatena qualquer relação consigo. Atônito, não se atreve a interrompê-la. Forte, Janete não chora.

Quando diminui o ritmo, Silas arrisca dizer que queria apenas uma oportunidade para se conhecerem melhor. Só isso. Não havendo empatia, ele sumiria "*por uns trinta anos*". Janete franze a testa. Por acaso se acha melhor que ela "*só porque é rico?*". Ele tenta argumentar que não tem dinheiro, mas a frase é interrompida com um vibrante "*cala a boca*".

— Acha mesmo que sou especial, meu querido? Tá apaixonado por mim? Assim, do nada? Você me viu na lanchonete e pensou, puxa, preciso incluir essa aí na minha lista de conquistas! Deve foder muito bem na cama! Pois não sou o que você tá pensando, playboyzinho de merda! Minha vida tá uma bosta e você vem me encher o saco? Minha casa tá desmoronando! Minha vida tá desmoronando! Quer saber de uma coisa? Eu tenho Aids! Isso mesmo que você ouviu! Aids, seu filho da puta! Então, vê se me esquece, que eu não quero mais ver tua cara na minha frente!

Confuso, Silas imagina se ela fala sério ou quer apenas afastá-lo. Então sussurra que ela não tem Aids.

— O que você disse?

— Você não tem Aids, Janete.

— O que você está dizendo? O que está fazendo?

— Eu sei, Janete, só isso. Você não tem. Não tenho como explicar, apenas sinto do fundo do meu coração que você não tem nada. Quero dizer, talvez tenha algo, mas certamente não é essa doença.

Janete se aproxima e acerta um pugilístico murro na metade esquerda da cara de Silas. Digna de Mike Tyson. Tensa e nervosa, sai cantando pneu com o Monza. "*Me pegou de surpresa*", lamenta-se Silas, justificando o trambolhão contra a calçada.

22

Ao telefone:

— Alô. Carmen? Você não pode me impedir de conversar com os meninos! Não desliga! Carmen!

23

A desconfiança bate forte. O passeio sugerido promete diversão, mas os dados não conferem. Show de MPB na Estação São Bento do Metrô? O local é conhecido por eventos de punk e, principalmente, rap. As amigas, entusiasmadas, garantem não ser mais assim. Não tanto. Naquele sábado a programação é composta por cantores e bandas reverenciando a boa e velha música popular brasuca. Com um pé atrás, Janete concorda. Houve tempo em que pouco se importaria em compartilhar o espaço com fãs dos Inocentes ou de Thaíde, mas ultimamente perdeu a energia pra isso.

São as mesmas amigas que a acompanhavam na casa noturna do Largo da Batata. No carro, Janete de carona, a conversa é descontraída. Há momentos em que ela não ouve o papo, não enxerga os sorrisos. A cabeça insiste em recordar que deveria buscar o exame. Tem certeza do resultado mas, enquanto não buscá-lo, a pontinha de esperança permanece viva. A esperança é a última que morre. A de Janete encontra-se na UTI, mas tá lá, resistindo.

Na rua, encontrar vaga para estacionar é um suplício otimizado por moleques de rostos agressivos que prometem "cuidar" do carro e exigem dinheiro adiantado. Uma das amigas, a loira, comenta – com razão – que nada disso ocorreria se tivessem acatado a sugestão de irem de metrô. No volante, a japonesa recorda o motivo secundário da opção pelo carro: mais tranquilidade ao voltar pra casa. E o motivo principal: "*gosto de conforto*". Sentada ao lado, a negra quer ver o tal conforto quando sentadas no concreto do Largo do São Bento. A morena comenta que dispensa poltronas confortáveis; se houver uns gatos pode suportar a bunda quadrada. Nada disso ouve Janete, retornando à realidade quando recrutada a descer do carro.

Pouca gente assiste ao show. Além do dia ainda claro, a cantora não entusiasma. Acompanhada apenas de violão, a voz monótona destoa do visual "Janis Joplin ressuscitou"; após duas canções "*autorais de minha própria composição*", a Janis paulistana obtém parcos aplausos desafinando Raul Seixas. Na plateia, a japonesa mexe nos cabelos da loira, que dá suaves tapinhas na palma da mão esquerda da negra, que recosta a cabeça no ombro direito de Janete, que observa um bem-te-vi perdido no concreto da São Bento. Apenas a morena, tarada por Raul, está de pé, acompanhando a melodia com aplausos compassados. Ao final, o batido gritinho de "*uhuuuu!*" assusta as demais. A atração seguinte é outro trovador solitário e o fiel violão. Os cabelos à la Caetano Veloso setentista; o corpo, mais próximo de Tim Maia. Infelizmente, a voz não remete a nenhum dos dois. Teve a sensatez, pelo menos, de não se aventurar em repertório próprio e, com carisma, levanta o público – que aumentara consideravelmente – com versões acústicas de Mutantes, Rita Lee e o pessoal do rock oitentista.

— Quem quer cerveja? — Janete se oferece para buscar.

— Agora sim! — concorda a loira.

— Vou com você — emenda a negra.

— Traz Coca pra mim — destoa a japonesa.

— Pra mim, cerva acompanhada de alemão bem gostoso — exige a morena, sem namorar há dois meses.

Janete e a amiga sobem a escadaria que contorna o palco improvisado e vão ao bar do outro lado da rua. Permanecem pouco tempo, suficiente para ouvirem dois ou três gracejos. Não esboçam qualquer sorriso e caem fora com os rostos fechados, sem dispensar qualquer atenção aos "Don Juan's de boteco". De volta ao show, distribuem as cervejas e o refri. "*Cadê meu gato? Poxa, nem precisava ser alemão.*" Ignorada pelas demais, a morena senta-se novamente e emenda outro "*uhuuuuu!*" O Tim Veloso terminara a última música. Pausa para ajustes na bateria ao fundo, são três rapazes e uma moça que se preparam para o próximo concerto emepebista.

Antes do primeiro número, ouve-se da rua o estrondo agudo de carro freando. O público volta a atenção para escadaria lateral e percebe uma cadeira voando. Em seguida, um bando de homens batendo e apanhando. Ao que parece, Janete e a amiga retornaram no momento exato para escapar da briga generalizada. Um grupo – ou seriam dois? Três? – de homens troca sopapos, cadeiradas e desaba escada abaixo. Várias pessoas que assistiam ao show nos degraus da escadaria aproveitam e desferem chutes em quem surge caído. Não sabem o motivo de bater, mas certamente aqueles sabem por que apanham. Até duas garotas entram na dança, ou melhor, na peleja. O tumulto chega às proximidades do palco e muita gente sai correndo, incluindo Janete e as companheiras. Tem quem se esconda na estação do metrô, despertando a atenção dos seguranças. A morena volta o rosto para a confusão, atraída pelos que batem. Que delícia de estrago não fariam na cama. Assustada, a japonesa quase chora. A loira aponta que a confusão está terminando e a muvuca, dispersando. O pessoal do "*deixa disso*" leva uns petelecos nas orelhas, mas alcança o intento, auxiliado pelos cassetetes dos seguranças. A negra pergunta se voltarão a acompanhar o show, como fazem muitos, ou desistirão, como fazem outros tantos. Janete puxa o coro de "*vamos pra casa*", acompanhada pela japonesa. Apesar da loira, da negra e da morena desejarem retornar ao espetáculo amador, concordam com as duas que se manifestaram primeiro. Ao volante do carro, a japonesa distribui cada amiga nos respectivos lares.

Em casa, a japonesa chega a tempo de jantar com os pais. A morena telefona para outra amiga, a ruiva, e torna a sair. A loira prossegue a leitura de *Bufo & Spallanzani*, de Rubem Fonseca, acompanhada de cerveja. A negra consegue assistir *Palhaços Assassinos do Espaço Sideral*, que o irmão recém colocara no videocassete. Pra acompanhar, bolinhos de chuva da mãe. Janete vai pra cama, quer dormir. Sem sono, fica horas se revirando de um lado para o outro.

Será mesmo música popular? Não é o templo da música hip-hop? Curió explica a Silas que hip-hop é dança e, portanto, estaria se referindo ao rap. Sim, na estação São Bento do Metrô costuma-se dançar hip-hop ao som de rap. Não é o caso, porém, e Silas pode ficar tranquilo, será um pequeno festival amador de MPB. "*Música porcaria de bicha*", ia completar Curió, guardando a mal-educada provocação para si.

— Espero que seja bom, preciso me distrair um pouco. Não tá fácil, viu, moleque.

— A estadia tá boa, né? Ou tem reclamação a fazer? Se tiver, te vira com minha sogra que eu nem quero saber!

— Que nada, tá muito boa a pensão. E é barata, detalhe de fundamental importância nestes tempos de dureza.

Silas e Curió descem do vagão na estação do metrô, rumo ao Largo do São Bento. Da rua é possível ouvir os acordes de violão. A voz é estranha; mesmo quem não entende de música desconfia que o cantor desafina. Ninguém pode negar o entusiasmo da animada versão de "Sonífera Ilha". Curió e Silas encostam-se à mureta que beira a escadaria descendo até o Largo. Observam o movimento e percebem quantidade razoável de pessoas. Há gente de todas as idades, embora a maioria não tenha chegado aos trinta. A divisão democrática não se restringe à faixa etária, contando a plateia com mendigos, garotos pedintes, *office boys*, engravatados e, reparando bem, até mesmo o guardador de carros que prometera à japonesa, amiga de Janete, que cuidaria do veículo.

Por falar em Janete, os dois rapazes estão no meio da escadaria quando Curió bate no ombro de Silas e aponta o grupinho feminino num canto do público.

— Surpresa pra você, meu amigo. Pra mostrar como fui com tua cara. No fim das contas, acho que você pode fazer bem pra Crazy Janet.

Para surpresa e desapontamento de Curió, Silas fecha o semblante. Comenta que "*tivemos uma conversa no início da semana, nada agradável. Acho melhor fazer como você sugeriu e ir devagar. Até agora só deixei a Janete com bronca de mim*".

— Então não vai conversar com ela?

— Necas. Nem quero que me veja. Vamos ficar por aqui mesmo. Melhor, vamos assistir lá de cima.

Frustrado, Curió amaldiçoa o momento em que teve a ideia do encontro. Terá que suportar a porcaria de show sem qualquer propósito. O tiro de bom samaritano sai pela culatra. Enquanto sobem a escadaria, Silas segue Janete de vesgueio. É mais forte que ele. Além disso, não lhe sai da cabeça a história da Aids. Que caralho terá feito pra imaginar que contraiu a doença? Antes de qualquer estratagema para descobrir, melhor aguardar a situação se acalmar.

Claro, as coisas nunca saem como planejado e Janete, acompanhada de uma das amigas, levanta-se em direção à escadaria. "*Corre*", sussurra Silas enquanto puxa Curió pelo braço. *"Ela tá vindo pra cá"*, explica.

No calçadão do Largo do São Bento, perdido, Silas – com Curió a tiracolo – atravessa a rua e entra num bar. Melhor assim, estará mais fresco e podem gelar a goela. Dane-se o show, pra alegria de Curió. Pra desespero de Silas, a dupla feminina vem em direção ao mesmo bar.

— Curió, seu corno!

O grito tem origem numa das mesas e o autor chama pelos dois, que atendem prontamente, de costas para a entrada do bar. É Farinha, o sujeito que vendeu o rádio automotivo, nada satisfeito com a tentativa de devolução. Está intrigado com o ocorrido e exige explicações. Nos mínimos detalhes. Curió menciona que não houve nada demais, apenas perdera o interesse. Inclusive passou o produto para frente, a preço menor. Ou seja, caramba, tomou prejuízo.

— Pois é, cara. O problema é que teve polícia na parada, xeretando o esquema. Tu tá mordendo a língua com os dentes?

Com o que mais poderia morder a língua?, pensa Silas, ocultando – de maneira prudente – o comentário na cabeça. Na cabeça de Curió, a questão é como Farinha fica sabendo dessas coisas.

— Teve nada disso não, Farinha. Não tô sabendo de nada.

— Olha aqui, filho da puta, é melhor não esconder nada de mim. Se tu não quiser a mercadoria, é só falar, mas não cagueta, não! Pelos meus informes, foi uma garçonete que trabalha contigo que soltou o verbo pros homem.

Atraído pelos gracejos de outros fregueses, Farinha observa as duas coroas saindo do bar. Aprecia a bunda da negra e os peitos da branca. Mas... Peraí!

— Não é essa vadia que trabalha com você naquele muquifo, Curió? Que é que tá acontecendo aqui?

Silas tenta desconversar, diz não ser ela, "*nada a ver, é apenas parecida*". Farinha manda-o calar a boca e seca Curió, aguardando resposta.

— Olha só, que coincidência. Ela trabalha sim, mas eu nem sabia que ela tava por aí. Não foi ela quem telefonou, não.

— Quem ligou então? Você tinha dito que ninguém havia ligado!

Farinha se levanta, seguido pelos dois que o acompanham na mesa. Curió e Silas titubeiam e também ficam em pé. Silêncio no grupo. Farinha vai até o balcão e anuncia o desejo de acertar a conta. Paga e vai embora. Antes de pisar na calçada, ouve Curió gritar que pode ficar tranquilo, não vai acontecer mais nada, tá tudo resolvido. Farinha dá meia-volta e responde, sem levantar a voz:

— Espero que sim. Pelo sim, pelo não, vou perguntar praquela vadia se foi ela quem chamou a polícia. As pessoas precisam saber como é que funciona o mundo.

Curió se desespera. Farinha ganha a rua. Silas entra em pânico. Farinha aguarda a passagem dos carros para atravessar. Ao lado, os dois colegas mal-encarados. Curió coloca as mãos na cabeça, oca de ideias. Na falta de ideia, Silas apela para o instinto. Sai correndo, trombando propositadamente em diversas pessoas, tanto no bar quanto na calçada. Num dos caras, passa a mão na bunda. Na corrida, se joga nas costas de Farinha. Ambos se estatelam no asfalto, quase atropelados por um Fiat. Curió o segue, esmurrando as costas de outro e derrubando um dos amigos de Farinha. Confusão generalizada. Farinha parte pra cima de Silas, que corre por trás do vendedor de sorvetes. O outro colega de Farinha pega a cadeira do pobre sorveteiro e a dispara pelo ar. Pessoas se afastam enquanto o grupo da briga aumenta. Três carecas de camisetas brancas e coturnos pretos entram na algazarra sem motivo aparente. Botinada pra todo lado. A massa de pancadaria ganha as escadas, assustando o público do show. Há também os "voluntários", aderindo ao salseiro por vontade própria ou porque tomaram um safanão extraviado. Silas mais se esquiva do que golpeia. Ao passar por um ruivo barbudo, cai e torna-se alvo fácil. Até que apanha pouco; por sorte a multidão de briguentos se esparsa e inicia debandada. Curió o levanta pelo braço, emenda um "*vambora daqui!*" e saem correndo. Silas e Curió deixam para trás, além do rosto furioso de Farinha, vários seguranças do metrô, ávidos por descontar problemas familiares com cacetadas em lombos alheios.

24

Gerson, o filho mais velho, vai logo avisando que não pode demorar. A mãe não gostou nada dele encontrar-se com o pai. "*Não precisava ter contado*" … "*Pois é, não creio que ela precise de mais mentiras neste momento*". Silas desculpa-se por fazê-lo perder aula na faculdade e promete pagar pelo lanche, inclusive a cerveja. Gerson aceita de bom grado e explica o motivo do irmão Ricardinho não acompanhá-lo: "*não quer te ver nem pintado de ouro.*"

— Caramba, não diz isso. Amo vocês dois mais que tudo nesta vida.

— Porra, pai. Cê fez merda. Trocar a gente pra morar com outra mulher.

Indignado, Silas eleva o tom de voz ressaltando que não trocou ninguém, Carmen é quem o colocou na rua. De fato, há outra mulher envolvida, esclarece Silas selecionando as palavras com cuidado. Ainda assim, erra nas escolhas. Garante não se tratar de amante. Se o filho está interessado na informação, a moça não quer nada com seu pai.

— Mesmo assim você trocou a gente por ela?

— Não troquei ninguém, caralho!

Silas desculpa-se pela alteração. Nem precisava, Gerson não se incomoda, mordiscando o bauru. O pai explica que o casamento vinha com problemas há alguns anos e, embora houvesse respeito e amizade, o relacionamento não era mais de marido e mulher. "*Você me entende? Tesão, essas coisas... O sexo ficou em segundo plano.*" Com uma fisgada no estômago, o filho implora para poupá-lo dos "*detalhes sórdidos*". O pai se desculpa, deseja apenas que o filho compreenda que o casamento não se sustenta só com respeito. Claro, é um dos pilares, mas não o único. Mesmo a amizade, embora existente, não é acompanhada de cumplicidade. O resultado final é que a separação não tem nada a ver com a outra mulher em quem, de fato, o pai está interessado. Sem qualquer reciprocidade, "*até o momento*", completa Silas, esbanjando otimismo, para maior antipatia do filho. De qualquer modo, a briga deu-se por conta da frágil relação entre o pai e a mãe. Tampouco há qualquer problema relacionado a ele ou ao irmão, amados tanto por Carmen quanto pelo pai. Coisas que acontecem. Coisas da vida.

— Você, filho, já é adulto e como tal vai entender.

— Pra mim, pai, você fez merda. Até te entendo, mas fez merda. O Ricardinho não vai aceitar tão fácil assim não. Por mim, foda-se. Percebi faz tempo que o clima em casa não tava bom. Sinceramente, não tá fácil engolir.

Óbvio que Gerson não se refere ao bauru, devorado em poucos minutos. Termina a cerveja e levanta-se, avisando que realmente não pode demorar. Verbaliza um "*até mais*" e deixa Silas sozinho na mesa, inclusive com a conta pra pagar, como havia prometido.

25

De acordo com o relógio na parede da cozinha, falta meia hora. Após o relógio, presta atenção nas rachaduras na parede. Maldição. Teme gastar o dinheiro que não tem. Ou pior, o que está guardadinho acumulando na poupança. Não que esteja rendendo horrores, longe disso. Mas é alguma coisa. Janete enrola o baseado e vai até o quintal fumar. Senta-se no enorme vaso que outrora serviu de base para uma enorme planta, da qual nunca soube o nome. Era grande. Ficou o vaso, atualmente dublê de banco, com terra até a boca.

— Quem permanecerá mais tempo de pé? Eu ou a casa?

Na dúvida, melhor investigar o que pode ser feito pela estrutura de concreto. Não pretende passar os últimos dias numa residência aos pedaços, literalmente. Se o teto cair, Deus queira esteja trabalhando.

Os indícios mostram que, lá no fundo, bem no fundo, Janete planta sementes de esperança. Caso contrário, pouco se importaria com a sorte da casa.

A campainha toca. *"Merda, chegou cedo!"* Dá a última baforada, apaga o cigarro e o deixa sobre a terra do vaso. Ajeita rapidamente o cabelo e abre a porta.

— Você?

Silas também parece desconcertado, do outro lado da batente. Confere o número da casa com as informações no papel que traz à mão.

— Eu sabia! Indicação do Curió não podia ser boa coisa! Como fui ingênua. Olha, tô com problema de verdade, viu? Preciso de um engenheiro de verdade.

— Sou formado no Mackenzie, engenharia, fique tranquila. Tenho Crea, posso mostrar minha carteirinha, deve estar por aqui. Te garanto que o Curió tampouco me disse que era você a amiga com problemas. Como ele está me dando força lá na pensão, aceitei o pedido em troca de descontos nas diárias, que começaram a ficar pesadas. Tô procurando casa pra alugar, mas sabe como é. Não é fácil.

— Você é mesmo engenheiro? Bom, faz sentido, com essa cara de playboyzinho. Já pensou em deixar crescer a barba? Esconderia o rosto de menino perdido.

— Se não quiser, vou embora. Não quero perder meu tempo nem o teu. Se é pra achincalhar, a gente para por aqui.

— Não, tudo bem. Entra, por favor. Preciso que alguém analise as rachaduras da casa. Estão enormes e tô preocupada. Tem que ser um profissional pra apontar a causa e dizer como resolvo. Daí então verei se tenho dinheiro pra consertar. Por falar nisso, não tenho grana pra esta consulta, se podemos chamar assim.

— Não se preocupe. Como te disse, é um favor ao Curió, que me descontará duas diárias. Ah! Obrigado por me indicar a pensão dele. O pessoal é mesmo gente boa.

Antes de prosseguir, é preciso esclarecer a pequena mentira de Silas. Ele sabia, sim, tratar-se da casa de Janete. Foi dele, inclusive, a ideia de ir até lá quando Curió comentou o problema de infraestrutura que ela enfrentava. Apesar da inicial resistência em fornecer o endereço, Curió avaliou que seria uma boa maneira de ambos terem uma conversa amigável, com foco em qualquer coisa que não fosse a relação de ambos. A partir daí, fosse o que Deus quisesse. E não, não houve nenhum desconto nas diárias da pensão, Silas que se virasse.

Janete se desculpa pelo último encontro. Tem passado por certos problemas e, naquele dia, estava especialmente sensível, o que, no caso, queria dizer muito estressada. Silas reconhece sua parcela de culpa, foi estranho oferecer flores no meio do trânsito.

— Foi idiota mesmo, mas você não merecia ser esculhambado daquele jeito. Desculpa, viu? Parece que ficaram marcas daquele dia. Bati tão forte assim?

O rosto de Silas apresenta duas cicatrizes em plena recuperação. Embora Janete não veja, há escoriações também nos braços e em uma das pernas, frutos da briga nas escadarias do Largo do São Bento.

— Que nada. Aquele dia eu estava distraído. Depois acabei me envolvendo numa briga feia, mas tô bem. Precisa ver como ficou o outro cara!

Janete sorri. O engenheiro playboy numa briga? Se for verdade, o tal "outro cara" deve ter saído ileso. O problema agora, entretanto, são as marcas nas paredes da casa. Silas inspeciona preocupado. Realmente as rachaduras verticais não são bons sinais. Na cozinha e na sala, ligam a laje ao piso. Em determinados pontos, a ruptura é larga.

— Você tem a planta da casa? O projeto original, qualquer coisa?

— Vixe, preciso procurar. Deve estar nalgum canto no quartinho da bagunça. Precisa pra agora?

— Se estiver muito difícil, depois vemos, mas ajudaria bastante.

Janete pede "*um minutinho*" e desaparece pelo interior da casa. Após observar cozinha e sala, Silas confere os demais cômodos. Apesar do olhar técnico em cada detalhe, não deixa de reparar também na organização e no zelo. "*Tão Janete.*" Tanto quanto o discreto odor de maconha no quintal. Silas vai até o tal quartinho da bagunça e, enquanto ela mexe em pastas e envelopes encardidos e amassados, cheirando a mofo, pergunta se houve reforma na casa. Em seguida à negativa, Janete faz careta e pensa melhor. Emenda:

— Bom, a bancada que divide a cozinha da sala não existia. Adoro o estilo cozinha americana. Era uma parede e eu coloquei abaixo a metade de cima. Faz uns seis meses. Não tem nada a ver, o pedreiro me garantiu que não afetaria a estrutura. "Pode ficar tranquila, Dona Janete", foi o que ele disse.

Silas balança a cabeça, não gosta do que ouve. Vai até a sala e examina a obra. Nenhum engenheiro supervisionou? Para quebrar meia parede? Claro que não. Janete solta um gritinho e avisa ter encontrado a pasta com os documentos da casa, inclusive os carnês de IPTU. Lá no fundo, a planta registrada na Prefeitura. Tá pensando que é desorganizada? "*Você não conhece Janete, senhor Silas.*"

Ele sorri. Tem vontade de beijá-la. Contém. Vontade de abraçá-la. Segura. Vontade de arrancar a blusa, o *soutien* e...

— Você tem água?

— Calor né? Tó, aqui tá a planta. Senta aí, vou pegar água. Não quer refri ou cerveja?

Suando frio, Silas agradece e diz que água está bom. Abre a planta sobre a mesinha de centro e mal consegue se concentrar. Janete traz o copo e deixa a jarra no canto da mesinha. Ao agachar-se, a breve visão de pequena parte dos seios. Os seios jovens da eterna Janete. Silas bebe o copo de uma golada só. Janete indica que, caso queira, tem mais na jarra ao lado. De novo, ele agradece. Limpa o suor da testa, joga os cabelos pra trás (ou o que resta deles) e presta atenção, agora sim, na planta.

Janete não gosta da cara que Silas esboça ao passar o olho nos dados contidos no enorme pedaço de papel. Balança a cabeça. Ela interroga o motivo; ele conta que a casa foi construída por meio da alvenaria estrutural. Janete aguarda o complemento da explicação, uma vez que "*alvenaria estrutural*" parece algo bom. E é, segundo Silas. As paredes são levantadas com blocos que formam a estrutura da obra e suportam a carga do peso das próprias paredes e da laje. Atenta, Janete aguarda pela parte ruim. Não tarda a ouvir que, nesse tipo de construção, as paredes têm função estrutural e, portanto, não podem sofrer qualquer alteração, sob o risco de abalar toda a estrutura. Pronto, a espinha de Janete gela.

— Então fudeu?

— Como?

— Eu fudi com a casa, é isso? Não podia ter quebrado aquela parede. Que merda de casa é esta que eu não posso nem quebrar meia parede?

— É mais ou menos isso. Dá pra reverter a situação. Claro, se você estiver disposta a abrir mão da cozinha americana.

— Entre manter a bancada ou a laje cair na minha cabeça, melhor refazer a parede.

Silas informa que haverá gastos extras pois, além de refazer a parede, o ideal é reforçar a estrutura com amarrações com vergas e contravergas, usando barras de aço e concreto, seja lá o que signifique tudo isso. Janete xinga a mãe de Genivaldo, o pedreiro que lhe garantiu segurança no serviço. Agora, além do que desembolsou com a obra, terá que gastar para desfazê-la. "*Putaqueopariu.*" Janete, então, sente algo raro: certo pudor pelos palavrões na frente de outra pessoa. Cuida-se para não soltar mais nenhum até Silas ir embora, o que não deve demorar. Agradece pela ajuda. Ele retruca que não foi nada, pelo contrário, um prazer. Em poucos dias irá passar-lhe a lista dos materiais e dos procedimentos. Pode também indicar um pedreiro de confiança.

— Você tem e-mail? — arrisca.

— Tenho o quê?

Bola fora. Silas retifica, solicitando o número de telefone. Janete argumenta que, como ele deveria ter percebido, não tem telefone em casa. E é melhor não ligar no trabalho, "*só dá dor de cabeça*". Pede para deixar tudo com Curió. Contrariado, concorda.

Na porta, durante a constrangedora conversa de despedida, Janete reitera as desculpas pelo comportamento do encontro anterior.

— Você é um sujeito legal. Espero que tudo se ajeite e você volte com a esposa.

— Brigado, mas não tem volta. Nenhum dos dois quer isso. Cada um segue sua vida.

— Que bom, se o casal realmente pensa assim. Boa sorte com tudo. Você deixa os dados da obra com o Curió?

— Pode contar com isso!

Após o respeitoso beijo de despedida, Silas arrisca: se não houver problema, pode entregar tudo pessoalmente. Encontram-se para uma cerveja ou, quem sabe, um vinho. Como amigos, para conversar com calma. Janete sorri. A esperança explode em Silas. Janete sugere que deixe tudo com Curió, "*melhor assim*". Sem tirar o sorriso do rosto, acena com a mão e fecha a porta. Silas retribui o aceno e vai embora, esperança em frangalhos. Puta raiva do Curió.

26

A raiva de Silas diminui ao ser convidado para a festa de aniversário de Curió, no final de semana. Um convite meio de última hora mas, enfim, tratava-se de amizade de última hora. A bem da verdade, desconfia que sequer seria chamado caso não estivesse mais hospedado na pensão. Pois enquanto houver esperança de conquistar Janete, não buscará outro local para pousada. Janete, diga-se de passagem, será uma das presentes, única colega da lanchonete a obter folga naquele sábado. Os demais convidados dividem-se entre amigos e familiares. E Silas.

A festa é na própria pensão e até Silas colabora nos preparativos, para aborrecimento de Helena. A esposa de Curió constata que ele mais atrapalha do que ajuda. Em contrapartida, diverte o pequeno Toninho, que jamais vira alguém tão desengonçado pra baldear bandejas e travessas. Na hora dos festejos, há uma travessa e dois copos a menos. Culpa do hóspede/convidado. No evento propriamente dito, Silas tarda a aparecer. Toma banho e assiste tevê no quarto aguardando alguns minutos antes de descer. Sem familiaridade com a maioria dos convidados e conhecendo-se como se conhece, prevê que ficará deslocado, tomando cerveja de maneira solitária em qualquer canto. Em circunstâncias normais, sequer apareceria. Em circunstâncias normais, Janete não estaria lá.

Silas surge sob o incômodo som de New Kids On The Block, que ele sequer reconhece, mas ouve crianças gritando *"Niu Kidis! Niu Kidis!"*. Oferece ajuda a Helena, que agradece e dispensa. Observa um grupo de pessoas no qual se destaca o rapaz de terno e gravata brancos, além de chapéu panamá igualmente alvo. Pelos trejeitos e gritinhos, acredita imitar Michael Jackson. Adolescentes discutem futebol. Crianças correm de um lado para o outro, capitaneadas por Toninho. Silas está zonzo, chegou há menos de dez minutos e deseja fugir. Gostaria de deitar e assistir a um bom filme em uma tevê de LCD. Em silêncio. "*Os sacrifícios que o amor nos obriga a perpetrar*", lamenta.

Os "Niu Kidis" silenciam e da fita cassete saem os primeiros acordes de "Patience", do Guns N' Roses. Muitos adultos, devidamente calibrados em altos níveis alcoólicos, surtam. O grito mais elevado e agudo vem do lado esquerdo de Silas, que reconhece a autora, braços levantados, olhos fechados, cintura cambaleando tal qual serpente. É Janete, acompanhada da japonesa, ambas com latinhas de cerveja nas mãos.

— Não vai se enturmar com o pessoal? — Helena puxa papo. — Ou você só queria quebrar meus copos e nada mais?

— Desculpa, vou pagar pelo prejuízo.

Que nada, fica tranquilo. Eu e o Curió estamos esperando você conversar com a Janete. Acho que pode vir coisa boa por aí.

— Acha mesmo?

— Na verdade, não. Mas qualquer chance de manter essa aí afastada de meu marido tá ótimo.

Constrangido, ele pede licença pra... Qualquer coisa. Curió acena e Silas integra-se ao grupo que discute, com acalorados argumentos, a saída de Neto do Palmeiras rumo ao Corinthians. Em troca, a equipe verde recebe o atacante Ribamar. Silas comenta que Neto dará o título brasileiro ao Corinthians, mas não é bem recebido, a não ser pelos torcedores alvinegros. "*Tem certeza que você é palmeirense?*", questiona Curió. Ambos riem e Silas vai se enturmando.

A tensão aumenta quando as eleições entram em pauta. Após tantos anos, em quem depositar o voto de confiança para Presidente? "*Se é que os militares vão permitir*", comenta um. "*As municipais foram tranquilas, não tem motivo pra duvidarmos que agora será diferente*", pondera outro. Alguém comenta sobre o tal "*caçador de marajás*" em Alagoas. Outro contesta, é tempo de dar chance aos trabalhadores, com o metalúrgico do ABC. Não tenham dúvida, decreta o mais exaltado, que o próximo Presidente será o doutor Ulisses! Enfastiado, Silas lamenta ter que aturar todo o turbilhão político de 1989 mais uma vez. O momento, porém, é de aproveitar a festinha.

Com Janete integrada ao grupo cada vez maior de mulheres, com conversas e gargalhadas pouco discretas, Silas não se atreve a interrompê-las. O bando masculino discute agora os recentes lançamentos do cinema, entre elogios e críticas às mais variadas películas. Nosso herói prefere afastar-se quando alguém diz que não passa de "*estúpida bobagem*" o terceiro filme da série Indiana Jones. Irritado, encaminha-se à mesa de doces para roubar brigadeiros. Pega dois. Três. Quando se prepara ao quarto, alguém por trás o adverte a tomar cuidado, pois "*tanto doce assim vai fazer mal pra sua saúde*".

Gelado na espinha, reconhece a voz de Janete e, ao virar-se, admira o par de olhos que o encanta há anos. Silas contesta que os brigadeiros "*fazem bem pra vida*". Janete sorri: "*Gostei. Eu podia ter dito algo assim*". Entre brigadeiros, beijinhos (os doces) e cervejas, prolongam a conversa, principiada com os agradecimentos de Janete pela ajuda na obra na casa. Está aguardando o orçamento do pedreiro, que já adiantou que o valor será mais salgado do que ela previa. "*Assim são os imprevistos*", graceja Silas. "*Que merda, né?*" No aparelho "três em um" alguém troca a fita cassete de lado e o ambiente é invadido pela suave voz cantando "Bem Que Se Quis".

— Adoro essa música. Quem é?

— Marisa Monte.

— Não conheço.

— É nova. Tem talento, deve ir longe.

— Também acho — completa Janete, observando o bolo do aniversariante. Enquanto comenta estar faminta pela massa recheada de chocolate, Silas contempla os lábios. O colo. Os ombros emoldurados pela blusa tomara que caia. Imagina não haver mais crianças ou adolescentes no entorno. Ninguém discute filmes ou política. Imagina tirando-a para dançar, colados, ao som de novas velharias como Marisa Monte. O rosto descansa em seu ombro. O cheiro de Janete. O sorriso. As lágrimas de Janete. Silas sequer percebe o som indagando se tudo está bem.

Parece, prestando atenção, haver uma voz. Alguém. O quê?

Janete mostra-se intrigada, "*está tudo bem?*". Silas retorna do transe e, encabulado, confirma tudo na santa paz. Solta um gracejo, florescendo o riso na amada. Precisa concentrar-se e não perder a cabeça.

Curió anuncia a hora do bolo, para alegria dos convidados. Janete é cercada pelas amigas e Silas volta a ficar deslocado. Durante o "Parabéns a você" permanece num campo indefinido, entre familiares. Pode jurar, enquanto o bolo é distribuído, que a futura companheira fita-o por instantes. Ao repetir o bolo de chocolate, a certeza: ele e Janete trocam tímido sorriso. Pode ser apenas sinal de amizade. Que seja. O suficiente para obstruir o foco de Silas, deixando-o aéreo a ponto de não perceber quando ela vai embora. "*Sem se despedir*", constata depois, desapontado. Ignora o fato de que ela o procurou, mas Silas acompanhava Toninho ao banheiro, para alívio e descanso dos pais, atordoados com o exército infantil.

O desencontro, claro, não é suficiente para apagar o sorriso adolescente que mantém ao deitar-se naquela noite.

27

Após o dia intenso, com bebedeiras e jogo de futebol pela tevê, a maioria dos clientes já tomou o rumo de casa. Ou de qualquer outro local fora dali. Curió enfrenta com bravura e galhardia o trabalho na lanchonete em pleno domingo de ressaca. Se Deus quiser, o serviço não irá até tarde, os finais de semana anteriores foram de fraco movimento noturno. Se der sorte, por volta das dez estará pronto pra retornar aos braços de Helena. O agito da tarde movimentada não é suficiente para espantar o sono e o embrulho do estômago. No decorrer do dia, esbarra em duas mesas, embanana-se com três pedidos e é advertido por Dorneles quatro vezes. Janete, que tampouco está lá essas coisas, dá troco errado por três oportunidades, mas só em duas os fregueses perceberam. O único que não se atenta – ou, pelo menos, não reclama – recebe mais dinheiro do que determina a conta correta.

Janete parece particularmente feliz, sorridente em grande parte do dia. Algo raro nos últimos tempos. Apesar de não ostentar a mesma felicidade, Curió está satisfeito. No meio da semana irá finalmente com Helena e Toninho à praia. Dois dias! Foi duro negociar as folgas com Dorneles, mas ao final trocou-as por uma sequência razoável de dias sem descanso. Tudo bem. A chance de estampar alegria no rosto da esposa e, principalmente, do filho compensa o sacrifício. Além, é claro, do mar de bundas em biquíni que deve presenciar. O mar de água salgada pode ser legal também.

— E aí, Seu Dorneles? Tá tudo tranquilo, vamos baixar as portas? — Curió aponta as mesas vazias. O chefe, preocupado com as contas, acha melhor esperar mais um pouco. São apenas nove da noite. Sempre pode aparecer qualquer perdido desejando uma cerva a mais. De fato, chegam dois grupos de adolescentes esfomeados. Parecem saídos da mesma festinha ou do mesmo show. "*Cambada de folgados, vão beber leite na casa de mamãe.*"

Quinze minutos após a retirada do segundo grupo de jovens, com o relógio apontando faltarem vinte pras onze da noite, Dorneles baixa a guarda e concorda fechar a lanchonete. Também ele parece cansado. Confere as contas do caixa enquanto os funcionários limpam mesas, piso e balcão. Trava-se naquele instante o embate entre o cansaço do dia e a vontade de ir pra casa. A limpeza é feita sem muito empenho e o desejo do lar vence, como de praxe. Desta maneira, saem todos ao mesmo tempo, com Curió e outro funcionário baixando e trancando o portão de aço.

— Olha só quem vejo por aqui! Meus queridos amigos!

Curió levanta o rosto e distingue Farinha dirigindo-se a Janete. Dorneles, que está ao lado, pergunta o que deseja, pois a lanchonete está fechada.

— Meu papo não é com você, tio. É com a cagueta aqui. A gente tem um assunto pra acertar.

— Não quero confusão! — implora o chefe, enquanto Janete, paralisada, procura entender a situação. Curió se levanta e pede pra Farinha ir embora, pois "*a moça*" não tem nada a ver com o ocorrido.

— Com você eu me acerto depois, seu traíra de merda. Você e teu amiguinho tiveram muita sorte aquele dia, hoje vai ser diferente.

Janete alega não conhecê-lo e, portanto, só pode estar confundindo-a. Em seguida, assusta-se quando Farinha tira do bolso a navalha, abrindo-a tal qual delinquente dos anos cinquenta. Dorneles, contra a parede, se segura pra não desmaiar. O outro funcionário foge correndo. Dorneles não o segue pois lhe faltam condições físicas. Mal se mantém de pé.

— A coroa vai descobrir que mexeu com o cara errado.

— Não sei quem é você! Do que está falando?

— Cansei de burgueses metidos a espertos. Tão pensando que vou deixar quieto? — o braço com a navalha aponta para Janete, que emudece estática.

— Farinha!

— Quié, caralho?

Curió pula com os dois pés no peito do adversário, caindo ambos contra a calçada. Janete grita desesperada. Dorneles coloca a mão no coração e escorrega pela parede até a calçada. Curió e Farinha trocam socos e chutes. Nenhum dos dois é bom de briga. A navalha fica no chão; Janete quer agarrá-la, mas os corpos em luta, tão próximos, a impedem. De repente, gritos ao longe. Alguém brada *"polícia!"* e Curió tem um segundo de descuido. Farinha passa a mão na navalha e, esta, no rosto do adversário, que se contorce em gritos de dor. Sem aguardar a aproximação *"dos tiras"*, o agressor foge. Surgem dois homens, mas nada de policiais. Janete implora por ambulância, acudindo o amigo que se contorce com as mãos na cara ensanguentada. Um dos rapazes corre ao orelhão, a meio quarteirão, mas Janete decide socorrer Curió no próprio carro até o pronto-socorro.

Quando todos desaparecem, Dorneles caminha indignado até seu veículo.

Esbaforida, Helena entra nervosa na recepção do pronto-socorro. Busca pelo marido e, após consulta aos registros, a funcionária solicita que aguarde. O movimento é intenso, há atropelados, jovens em coma alcoólico e dois feridos, um por faca, outro por tiro, além de dezenas de pacientes com os mais variados tipos de dores. Helena cumprimenta Janete e senta-se ao lado. A esposa aflita segura o choro; a colega a acalma, não corre risco de morte, embora o ferimento no rosto tenha sido feio. Passa por avaliação, não sabem a extensão dos danos. Certamente haverá cicatriz. Helena chora, quer detalhes do ocorrido.

Em seguida chega Silas, que trouxera Helena e estacionava o carro. Janete repete o que sabe até o momento. Angustiado, o trio permanece em silêncio. Após meia hora observando choros de dor e tristeza, a discussão de um casal e piadinhas machistas entre dois funcionários, Janete se levanta e comunica que aguardará do lado de fora. Silas a acompanha. Em frente ao pronto-socorro, a noite é fria e silenciosa. A iluminação da rua é precária, reforçada pela luz que emana das janelas do PS. Janete acende um cigarro.

— Vai pra casa. Já ajudou bastante, tem que descansar. Deve estar um caco.

— Ele ia me matar — os olhos de Janete fixos no horizonte. — Nunca vi aquele sujeito antes. Aquela navalhada era pra mim. Nem sei se queria me machucar ou me matar. Tô apavorada. Se não fosse o Curió, era eu no hospital.

Silas a abraça, "*foi um susto. Já passou*". Ela deita o rosto em seu peito e assim permanecem por vários segundos. Então Janete o afasta, dá outra tragada no cigarro e pede desculpas.

— Não tem o que se desculpar.

Ela sorri, sem jeito. Silas observa as estrelas, imagina como prolongar a conversa.

— Sou eu quem pede desculpas, tenho me intrometido demais em tua vida, né?

— Um pouco. Acho estranha essa obsessão comigo. Mal nos conhecemos. Não me venha com historinha de amor à primeira vista, pelo amor de Deus. Não ria, falo sério.

— Eu sei. Acreditaria em atração física? Algo mais mundano?

— Faria mais sentido, só que tenho noção de que meu corpo não é o de vinte anos atrás. Você sabe disso. Faz tempo, muito tempo, que deixei de ser "a gostosinha".

— Posso discordar? Tudo bem, ninguém chega aos quarenta com corpo de vinte, nem tem sentido algo assim, com botox e outras porcarias...

— Com o quê?

— Botox. Bom, quero dizer, plásticas pra rejuvenescer de modo artificial. Enfim, você ainda é uma mulher atraente demais.

— Obrigada, moço.

— Não zombe, é sério.

— Não tô zombando, você é que parece encabulado.

— Digo mais. Não ria. Tua atração não é apenas física, engloba o jeito de ser, de se expressar. O que você pensa, como pensa. A maneira de encarar a vida, os problemas, preocupando-se com os amigos próximos. Não deve ser difícil se apaixonar por você. Quero dizer, veja bem... Não faz essa cara. Verdade, não deve ser difícil alguém se encantar com você, Janete. Aposto que é bem paquerada. Não? Tolos. Os homens de hoje em dia não passam de uns tolos.

— Opa, não fosse a confusão com aquele maluco, teria ganhado o dia com esses elogios. Só que tem uma coisinha pra te falar. Desculpa te decepcionar, mas...

— Mas?

— Não tenho dinheiro pra te emprestar. Pois é. Ah vai, todo esse palavratório só pode ser pra implorar grana!

— Você também consegue ser bem irritante, se quer saber.

— Verdade? Se quer saber, de um jeito meio torto, você consegue ser bem interessante.

Agora sim, Silas encabula-se. Radiante por dentro.

— Muito bem, Dona Janete, o dia foi pesado. Tá na hora da senhora descansar. Vamos torcer para que o Curió se recupere o melhor possível. Você deve ir pra casa, não tem mais o que fazer aqui. Aliás, ninguém mais pode fazer nada. Vou continuar porque a Helena tá de carona comigo. Se Deus quiser, levo o Curió embora também.

Um tanto hesitante, Janete concorda. Dá a última tragada e apaga o cigarro no chão. Fricciona os braços com as mãos para diminuir o frio e beija Silas. Na boca. Selinho, apenas. Meio prolongado, mas, ainda assim, selinho. Ainda assim, beijo nos lábios. Sussurra "*obrigado*" e vai embora. Paralisado, Silas a observa partir e entrar no carro; acena quando ela passa dirigindo. Atônito, não sabe se ri ou chora. Se chorar, seria alegria ou tristeza? No rosto, os lábios sorriem.

É preciso retornar à recepção do pronto-socorro e retomar a seriedade. Helena conta não haver qualquer novidade e, nervosa, dirige-se novamente à enfermeira atrás do balcão. Nada. Rói as unhas. Os ponteiros do relógio indicam a passagem de mais vinte e oito minutos até surgir outra enfermeira chamando pelos familiares de "*Clemente Batista Rodrigues*". Helena apresenta-se e a acompanha, seguida por Silas. Num dos consultórios, sentado no leito, Curió tem a face toda enfaixada. Há gaze cobrindo a bochecha esquerda e o médico informa que foram precisos dezoito pontos no rosto por conta do profundo corte. Certamente haverá cicatriz visível, da parte inferior, próximo ao queixo, até metade do nariz. "*Acho que agora sim fico mais bonito*", brinca Curió. Helena abraça o marido, chorando e ressaltando que o ama. Curió pede "*cuidado*" com a cara, rebate que também a ama e cumprimenta Silas.

Enquanto acompanha o casal pra fora do pronto-socorro, Silas imagina o estrago na face do amigo. Não será agradável conviver com uma cicatriz daquela no rosto. A última vez que viu alguém assim foi... Será?

— Curió, estranhei quando a enfermeira chamou seu nome no PS. Como é mesmo que você chama?

— Ah, você não sabia? Não é Curió, né? Minha mãe era doida, mas nem tanto. Por quê? É Clemente — Silas recorda: o porteiro do prédio no qual foi viver com Janete.

28

A **satisfação de colher** os frutos pelo trabalho bem planejado e elaborado. O sorriso de Silas liga uma orelha à outra, enquanto os olhos conferem o contrato fechado com o cliente chato, que embromou as negociações de reunião em reunião. Agora bastava colocar a mão na massa. O serviço mais árduo, que sorte, estava completo. Tamanha satisfação merecia o toque de sinos, em plena tarde de segunda-feira. Em vez disso, toca o telefone. A recepcionista anuncia ser "*a senhora Janete*".

Sendo sincero com o leitor, boa parte do sorriso é fruto da noite anterior, quando finalmente trocaram o breve beijo em frente ao pronto-socorro.

"Janete?" O telefone permanece em silêncio; Silas reitera, *"Janete?"* Ela tenta responder, mas emudece. Soluça e inicia discreto choro. Enfim, controlada, mostra-se curiosa sobre como vão as coisas. Tudo tranquilo?

— Claro que sim. E você? Que aconteceu? Tudo bem com o Curió?

— Tudo bem. Está na casa, se recuperando. Parece que não é tão grave, sei lá. Desculpa te incomodar no trabalho, preciso conversar com alguém. Queria te contar uma coisa.

Em silêncio, aguarda-a prosseguir.

— Você tinha razão. Não sei como. Você chutou no escuro, mas tinha razão.

— Em quê, Janete? O que foi?

— Tô limpa. Não tenho Aids.

Ela conversa entre soluços, enquanto Silas sorri aliviado. Parecia algo mais grave.

— Que bom, fico feliz por você. Pode ficar tranquila, vê se derruba esse peso das costas.

Janete não entra em detalhes, mas na manhã daquela segunda foi retirar o resultado do exame de HIV. Após ter adiado um bocado, tomou coragem. Em seguida ao alívio, veio a estupefação. Silas não foi o primeiro a quem contou a boa notícia. Ao sair do hospital, entrou em contato com Karina, a amiga que participara da festinha com ela e Fred. Karina tentou se alegrar, mas contou que não teve a mesma sorte. Estava infectada. Janete não soube o que dizer, arrependeu-se do telefonema. Afirmou, pouco convincente, que a amiga poderia contar consigo no que precisasse. Por costume, desejou-lhe sorte e, constrangida, despediu-se. "*Que porra é essa?*", pensava Janete. Milagre? Escolhas aleatórias de Deus? Três participaram do encontro sexual. Um já estava infectado: Fred. A segunda foi contaminada. A terceira, não. Como assim? Não houve o "fato consumado"? Sim! Ou não? A noite fora nebulosa, Janete recorda-se de poucos detalhes, em imagens desfocadas. Beijou ambos, com certeza. Talvez estivesse tão entorpecida que sequer completou todas as etapas do guia prático do sexo. Enfim, é isso. Está salva, sabe-se lá como ou por quem.

Nem só de boas notícias trata o telefonema e também informa que foi despedida.

— Que sacanagem! Por quê?

— O Dorneles não gostou nada da confusão de ontem e acha que tenho culpa no cartório. Quando cheguei hoje me deu um belo pé na bunda. Dane-se, já tava cansada dessa merda. Quero ver se consigo abrir um negócio, um pequeno comércio, sei lá, tô com umas ideias na cabeça. Fiz uns cursos no Sebrae e acho que pode dar certo.

— Tenho certeza que sim. Vai complicar pra reforma da casa, né? É meio urgente, viu?

— Sim, eu sei. Vou ver o que posso fazer. Não, obrigado. Não quero dinheiro emprestado, não precisa se preocupar. A gente mal se conhece pra você fazer algo assim. Já ajudou demais não cobrando pela visita e o diagnóstico da casa.

Silas ressalta que não foi nada e, em seguida, há o bom e velho silêncio constrangedor ao telefone. Então ele a deixa à vontade para telefonar quando quiser, para qualquer ajuda que precise, nem que seja só bater papo.

— Sei, obrigado. Olha… — novo silêncio. Mais curto, ela mesma o desfaz. — Tô com uns planos aí. Será que você podia passar aqui em casa na quarta de noite?

— Posso ir hoje.

— Não, hoje não. Tô a fim de ficar sozinha. Descansar e me organizar nesse turbilhão de mudanças em minha vida. Vem na quarta. A gente come algo, eu abro um vinho. Vai te atrapalhar?

Quarta-feira. Silas estará lá.

29

A curta caminhada do carro até a campainha da casa é feita em passos ritmados, numa discreta dança desengonçada e deselegante. E feliz, absurdamente feliz. Aberta a porta, Silas oferece o vinho e cumprimenta Janete com um beijo que pretendia ser mais próximo aos lábios, caso ela não tivesse desviado o rosto para o lado. Tudo bem, a noite mal começou; muita coisa por acontecer.

Linda como Silas jamais a vira nessa idade, quase recordava a Janete com sessenta e nove anos. O rosto tranquilo, o sorriso leve. Elegante para a época, com saia na altura dos joelhos, blusinha branca e jaqueta vermelha, adornada por ombreiras. Deixa-o à vontade na sala, enquanto dirige-se à cozinha. Silas repara na decoração com quadros coloridos, um deles com o rosto de Janis Joplin e os óculos redondinhos. Pela casa, nenhum detalhe esotérico. Somente agora, sem a preocupação estrutural, sente a estranheza. Janete retorna com uma parcela do vinho dividido em duas taças. Na mesa de centro, a porção de queijos.

— Tinto e seco, do jeito que eu gosto.

— Eu sei.

Ela sorri, acredita ser gracejo. O fato é que, por incrível que pareça, o sujeito esquisito tem se tornado agradável nos últimos tempos. Silas demonstra carinhosa preocupação. Deseja ajuda para datilografar currículos? Janete agradece, não precisa. A pausa forçada servirá como impulso a novos caminhos em sua vida. Ela discorre com entusiasmo quase adolescente. Depois dos sustos com a saúde, com o louco na lanchonete, com a casa, com a perda do trabalho, que se dane! Agora só é possível melhorar. Silas concorda e compartilha o júbilo. Entre um Camembert e outro, percebe, no canto da sala, a deusa hindu com que tentara presenteá-la.

— Como ficou com a deusa? Nem tive outra chance de te entregar.

— Não é a mesma. Ou será que é? Nunca tinha me interessado nessas coisas esotéricas, mas quando você trouxe, gostei. Fiquei chateada com o que aconteceu depois. Um dia, sem planejar, passei por uma lojinha hippie e lá estava ela. Achei parecida com a tua, resolvi comprar. Acho, de verdade, que me dá forças pra seguir em frente. Tem uma energia positiva muito forte! Você não sente?

— Claro que sim — mente — Mas nem toda magia indiana vai segurar a casa se você não der um jeito nessa bancada. Pois é, precisa refazer a parede. Vamos torcer para que não caia tudo esta noite, né?

— Amanhã pode desabar?

— Se eu dormir aqui, não — Terminada a frase, Silas se arrepende. Alerta de passo maior que a perna. — Tô brincando.

— Sei. Vocês são todos um bando de safados.

Silas encolhe os ombros, eximindo-se de culpa. Janete conta, para surpresa do senhor sem culpa, que viajará na manhã seguinte. Pra onde? Não sabe ao certo. Uma semana fora, pegando estrada, dormindo em pensão barata ou, se for o caso, no próprio carro. Um pouco de liberdade e porralouquice. Silas ia mencionar o problema da casa, a estrutura realmente precisa ser reparada, mas não quer ser o chato de sempre. Não naquele momento. Não sem terminar a noite. Até que...

— Vem comigo.

— Oi?

— Vem comigo! Tua mulher te largou mesmo. Ou você terminou, tanto faz, teu casamento acabou. Larga esse emprego de playboy. Tá bom, sem exageros, mas você não pode tirar uma semana de férias? Se for o caso, a gente sai depois de amanhã, pra você acertar isso.

Apesar do impulsivo convite, Janete pensa em algo assim há meses. Ao perder o emprego, logo após se descobrir sadia, encarou a possibilidade a sério e, em pouco mais de vinte e quatro horas, decidiu que a colocaria em prática. Sozinha. Ou com ele, que parece inofensivo e se diz tão apaixonado. Janete arrepende-se do convite ao perceber a interrogação no rosto de Silas.

— Porra, cara, qualé? A vida é curta! Não tô te pedindo em casamento. Nem em namoro! É só uma semana, vamos aproveitar.

Depois a gente vê o que faz com a casa, com o trabalho, com essa merda toda!

A vida é curta? *"Eu topo!"*

— Vamos brindar! A uma nova vida! — após os goles em suas respectivas taças, Janete tasca o segundo beijo em Silas. Apenas lábios com lábios, sem língua, mas foi além de selinho. Mais uma vez, Silas exibe o sorriso ligando uma orelha à outra. "*Que se dane*", pensa.

— É isso aí, Silas! Até o Curió tá aproveitando! Tirou dois dias de folga junto com a Helena e deixou o resto da família cuidando da pensão nesta quinta e sexta. A gente tem que aproveitar, não sabe como vai ser amanhã.

— O Curió que o diga, quase se estrepa com a navalhada. Aliás, pode viajar daquele jeito?

— Conforme ele contou, o médico pediu pra adiar a viagem. O pilantra concordou só pra não contrariar, mas disse que não perderia a praia de jeito nenhum. A família nunca viu o mar, acredita? Não poderá entrar na água, por conta do ferimento; mesmo o sol terá que evitar. Mas, porra, eles estão loucos pra conhecer Santos. O menino tá que não se aguenta, faz uma semana que só fala em praia.

Enquanto Janete verbaliza todo o entusiasmo, Silas se recorda o quão inesperado foi descobrir que Curió é ninguém menos que Clemente, o porteiro do prédio onde ela viverá os últimos anos de sua vida. Sempre acreditou que os dois eram, quando a conheceu em 2015, amigos demais para seu gosto. A coisa vinha de longe, Janete havia comentado, mas Silas não desconfiava que fosse tanto tempo. Após o tolo ciúme inicial, teve respeito por Clemente, sempre prestativo e gentil, características pouco comuns de encontrar quando se ultrapassa a tal terceira idade. Relembra a incômoda impressão sentida ao ver, pela primeira vez, a cicatriz no rosto. De reboque, recorda também a conversa após o enterro de Janete, quando Clemente mencionou a perda do primogênito. Em sua primeira viagem ao litoral.

— Que foi, Silas? Você tá branco.

— Preciso ir!

— Como assim? Que aconteceu? Tá passando bem?

— Tenho que ir, Janete, desculpa — Silas tagarela enquanto recolhe a carteira e as chaves do carro. Instintivamente, por dois segundos, chega a procurar pelo celular. Dá um beijo no rosto de Janete e pede, enquanto vai embora, que o espere, retornará ainda esta noite para terminarem a conversa. Precisa resolver uma pendência urgente que recordou só agora. Por favor, que o espere. — Volto daqui a pouco! — promete enquanto fecha a porta.

Como pôde ser tão lerdo em ligar os pontos? Clemente e a viagem à praia. Torce para chegar à pensão antes da saída de Curió e Helena. Acelera, mas o trânsito de quarta à noite não colabora. Por que não viajam pela manhã? Helena havia contado que preferia amanhecer na praia, assim aproveitariam melhor o dia. Para não prejudicar tanto o serviço na pensão, sairiam após o jantar. "*Tomara que atrasem*". Atrasaram.

Nem tanto, infelizmente. Quando alcança a pensão, Curió e Helena estão carregando o carro, observados por Toninho, que brinca com o boneco do Fofão, e sua avó. Silas estaciona de maneira atabalhoada, ressaltando a falta de perícia ao volante. Desce tenso e pede a Curió, "*por favor*", que não viajem. "*Qual motivo*", querem saber. Silas não sabe. Esteve tão preocupado em chegar a tempo que, mais uma vez, esqueceu como justificar o insólito pedido.

— Viajar de noite é perigoso. Pela manhã, estão descansados e será bem mais tranquilo.

— Pô, cara. Tá tão preocupado assim? Relaxa. No máximo em uma hora a gente tá em Santos. Além do mais, a Heleninha insistiu em viajar agora de noite, né, neguinha? E a diária do hotel tá paga. Não vou jogar fora!

Antes que Helena carregasse o porta-malas com outra mochila abarrotada, Silas o fecha com força. O estrondo é mais ruidoso do que pretendia o próprio Silas. Toninho assusta-se.

— Quiéisso, cara? Tá louco? Que tá acontecendo? Desembucha.

Silas sente os olhares de todos. Aproxima-se de Curió, quase cochichando:

— Desculpa, cara. Sei que vai achar estranho, mas tô com um pressentimento muito ruim sobre essa viagem. Sério! Não faz essa cara, não. Vai pela manhã, que tudo bem. Pois é, o problema é agora. Até amanhã de noite seria melhor.

— Sério isso?

— Muito.

Curió aparenta preocupação para, em seguida, esclarecer que não acredita nessas coisas. Pelo sim, pelo não, Silas pode ficar tranquilo que tomará cuidado redobrado na viagem. Afinal, tem os maiores tesouros consigo: a esposa e o filho.

— Não, você não vai — e coloca a mão no peito de Curió, que, irritado, empurra a mão do folgado e o adverte passar dos limites. Agradece a preocupação, mas Silas não pode se intrometer dessa maneira na vida deles.

— Você tá sabendo de alguma coisa, algo concreto, que eu não sei?

Silas permanece em silêncio, e o casal segue os preparativos. Toninho entra no carro entusiasmado. *"Praia, vó! Vou ver a praia!"* Helena beija a mãe e acena para Silas. Curió beija a sogra e aperta a mão de Silas. "*Fica tranquilo, homem. Não vai acontecer nada. No máximo, vou encher a bunda de areia*", completa para os risos da esposa, da sogra e, principalmente, do filho. Ao observar Toninho rindo, Silas percebe não haver alternativas. Curió inclina-se para entrar no Fusca. Não consegue. Silas puxa-o pelo ombro e desfere violento soco no rosto. Próximo, muito próximo do corte que custa a cicatrizar. Tentou acertar em cheio e falhou. Ainda assim, Curió vai ao chão, gritando de dor, as mãos cobrindo o ferimento. Helena, assustada, desce do veículo e corre para acudir o marido caído, olhos fechados e boca trêmula.

— O que você fez? — levanta-se enfurecida.

— Desculpa. Vocês tem que entender…

É a vez de Helena desferir um murro na cara de Silas. Novamente, pode argumentar que foi pego de surpresa. No chão, recebe uma saraivada de pontapés. Começam com barriga e peito, avançam por todo o corpo. Toninho junta-se à mãe na pancadaria contra Silas, que se encolhe em busca de proteção. Helena abandona o agressor e vai acolher o marido, que segue se contorcendo. Como explicar a atitude daquele homem, que até pouco tempo exalava simpatia e oferecia ajuda em tudo quanto possível? Qual o sentido dessa violência? Haja bipolaridade! Aflita, esbraveja:

— Você ficou louco?

Silas levanta-se em meio às bicudas de Toninho e, sem opção, decide contar a verdade. Ou parte dela:

— Helena, precisa acreditar em mim. Se realizarem a viagem hoje o carro sofrerá um grave acidente. Algo terrível acontecerá com o Toninho. Desculpe pelo soco no Curió, não sabia mais o que fazer! Ele está bem? Curió, fala comigo!

Helena se levanta e, com um empurrão, impede a aproximação de Silas, que levanta as mãos deixando claro que não pretende reagir. Quer, apenas, esclarecer:

— Vocês querem que o Toninho não chegue ao próximo aniversário?

O grito de *"filho da puta!"* chama a atenção de Silas, que fecha os olhos e vira o rosto antes da garrafada. A sogra de Curió estoura o vasilhame de cerveja contra sua cabeça e ele cai desmaiado.

Pelo menos a garrafa estava vazia.

30

Senhor Silas, pode me ouvir?

Senhor Silas!

Ele não ouve.

31

Ricardinho e Gerson conversam no corredor do hospital; avaliam o comportamento do pai nos últimos tempos. Nada bom, nada bom. O filho mais novo ressalta: é preciso levar em consideração os fatos recentes; o mais velho concorda com ressalvas, afinal, hora ou outra é necessário superá-los e seguir em frente. Estão sentados em poltronas surpreendentemente confortáveis, encolhidos por conta do tempo frio. Gerson tem o rosto abatido, de quem mal dormiu a noite anterior, passada junto ao pai. Ricardinho prontifica-se a, caso necessário, assumir o papel naquele dia. Em seguida, convida o irmão para um café no térreo. Bom pra acordar, bom pra aquecer. Não houve tempo. A enfermeira sai do quarto de Silas e avisa que o paciente acordou.

Encontram o pai com o rosto cansado, olhos confusos e barba desgrenhada. Pedem calma, explicam que está no hospital e logo voltará para casa. Perguntam como se sente. Sem responder, fecha os olhos e os reabre avermelhados. Lágrimas acumulam em cada canto das pálpebras. "*Janete, onde está?*" Gerson e Ricardinho entreolham-se e o caçula pede para ficar tranquilo. O pai passou a noite no hospital, sob observação e, ao que sabe, nada grave foi diagnosticado.

— Ela se foi há alguns dias, lembra, pai?

Claro que lembra. A enfermeira pede que os filhos saiam, uma vez que o paciente chora e a pressão arterial se elevou.

Mais tarde Silas é preparado para receber alta, após a tomografia computadorizada constatar ausência de lesões. Gerson, a esposa e Ricardinho estão no quarto e, por eles, descobre que teve uma concussão na cabeça após a queda em casa. Foi encontrado pelo filho mais novo, preocupado porque o pai não atendia os telefonemas. Fedia a álcool, tinha pequenos cortes nos pés, outro maior na testa e estava uma imundície, tal qual a casa. Como não despertava, foi encaminhado ao hospital, onde permaneceu sob observação.

— Meu Deus, quanto tempo fiquei aqui? Seis, sete meses?

Entre risos, explicam:

— Por Deus, não. O senhor veio ontem de manhã. Não foram nem dois dias. Fica calmo. Tá desorientado.

Tantos pedidos de calma irritam Silas. O pior, porém, é retornar ao corpo maltratado de septuagenário. Estivera tão perto de viajar com ela… O que fora aquilo? Um sonho? Viagem cósmica? Tão real. Naquele universo paralelo – ou seja lá o que fora – estivera por mais de seis meses. Quem sabe muito mais. Certeza é um luxo de que não dispõe.

Já trocado com as próprias roupas, acompanha os filhos e a nora. Se for pra voltar ao mundo real, que seja em casa, não no ambiente insípido do hospital. No caminho, estranha toda a modernidade de veículos e residências. Observa a nora conversar com a neta pelo celular. No painel do carro, o GPS transmite o caminho mais eficiente. Sem dúvida, um mundo mais prático, mais confortável.

Bela porcaria, um mundo em que tem setenta e um anos e Janete está morta.

Gerson deixa o carro no estacionamento dos visitantes e ajuda Silas, debilitado, a caminhar até a entrada do prédio. Pelo celular, a esposa explica à filha que só retornarão à noite. Ricardinho acompanha a trupe, mãos afundadas nos bolsos da calça, assustado com a possibilidade de perder o pai.

— Seu Silas! Que bom ver o senhor! Deixou todo mundo preocupado por aqui! Como tá se sentindo?

Por trás do balcão da portaria, aparece Clemente, feliz em constatar o retorno do velho morador. Em aproximação respeitosa, estende a mão direita para cumprimentá-lo. Para surpresa de todos, Silas o abraça. Abraça forte – tão forte quanto conseguem os braços fragilizados após mais de vinte e quatro horas de molho. Esforça-se para conter o choro e os olhos o traem avermelhados. Uma lágrima, serelepe, alcança a barba grisalha. Clemente, constrangido, observa Gerson e Ricardinho, que sorriem. "*Você é um bom homem, Curió.*" O porteiro, confuso, agradece e retribui o elogio.

Terminado o abraço, Silas pede desculpas. Pelo quê? Por qualquer coisa.

— Deixa eu te apresentar meu filho mais velho, Seu Silas. Veio me visitar hoje. É o advogado da família.

— Tudo bem, rapaz? Então você é o primogênito? O mais velho dos três?

— Isso mesmo. Mas são quatro, esqueceu Seu Silas? O Toninho tá estudando pra ser juiz.

— Tudo bem, Seu Silas? Meu nome é Antônio. O pai comentou sobre a Dona Janete. Sinto muito.

O elevador chega. Os familiares de Silas cumprimentam e se despedem do porteiro e o primogênito. Silas acompanha os filhos, sem desviar os olhos dos outros dois. Enquanto as portas se fecham, contempla, atônito, a sapeca piscadela de Clemente.

32

Curió levou um esporro danado do médico ao retornar com os pontos do corte abertos. Estava se envolvendo em brigas demais! Pior: como insistira na viagem ao litoral? Depois foi Helena quem não quis mais viajar. Curió perdeu contato com Janete e expulsou Silas da pensão. Ou melhor, a sogra o fizera enquanto esteve no hospital. Ele e a família conheceram, sim, o litoral: o Guarujá, dois anos depois, já nascida Ana Lúcia, a segunda filha. João Pedro foi concebido naquela viagem e Mateus veio ao mundo três anos depois. E estancaram a produção. Quando nasceu o quarto filho, Curió não trabalhava mais na lanchonete de Dorneles. Dedicava-se exclusivamente à pensão da família, com mais afinco e dedicação. Economia estabilizada, reformaram o pequeno prédio e aperfeiçoaram os serviços prestados. Mas aí vieram novas crises (no Brasil sempre aparecem, cedo ou tarde. Normalmente, cedo) e tanto Helena e Curió quanto os filhos mais velhos foram obrigados a arranjar outros trabalhos para cobrir os gastos.

Enquanto Helena vendeu cosméticos, foi balconista em shoppings e tagarelou em *telemarketing*, Curió passou por outros bares, foi representante comercial de uma grande cervejaria e vendedor em diversas lojas no centro de São Paulo. A muito custo, os filhos Antônio e Ana Lúcia formaram-se respectivamente em Direito e Arquitetura e tampouco para eles estava fácil entrar no mercado de trabalho. Os outros dois rebentos mal terminaram o Ensino Médio; enquanto Mateus dedicou-se a ajudar na pensão, João Pedro viveu de bicos. Como a avó o definia, *"não passava de um vagabundo profissional"*. Em 2011, na esteira da crise que não deveria passar de marolinha, Clemente (que perdera o apelido no meio do percurso) não parava em serviço nenhum. Certo dia, passeando com a filha, entraram numa loja de produtos místicos por insistência da jovem, "*quem sabe ajuda*". Clemente nunca acreditou nessas "*baboseiras*". Então, após mais de vinte anos, reencontrou Janete. Papo vem, papo vai, *"verdade que ninguém mais te chama de Curió?"*, indicou-o para trabalhar na portaria de seu prédio, cujo cargo vagara. Em uma semana, estava novamente empregado. *"Eu te falei, pai! E que bosta de apelido você tinha, hem?"*

Silas escapou por pouco de ser linchado após o soco em Curió. A sorte é que estavam mais interessados em socorrer o ferido do que em terminar o espancamento. Após a garrafada, caiu desacordado próximo à calçada e por ali ficou, enquanto Curió era levado ao pronto-socorro. Helena conduziu o velho Fusca e sua mãe tratou de jogar todos os pertences de Silas no meio da rua. O quarto estava pago até domingo e, apesar disso, foi proibido de recolocar os pés por ali. Ao acordar, zonzo e titubeante, ouviu mais desaforos, reuniu as tralhas no carro e seguiu ao pronto-socorro, onde recebeu pontos e quase apanhou novamente, ao Helena encontrá-lo na sala de espera. Não teve como descobrir se haviam desistido da praia. Agitado e dolorido, foi examinado. Mal se aguentava acordado, entre hematomas e medicamentos. Passou a noite, mal dormida, dentro do carro. Pela manhã, disparou até a casa de Janete, chegou às dez e encontrou a casa fechada. Retornou à tarde e nada. Assim foram os dois dias seguintes. Os vizinhos nada sabiam. Quando voltou, depois de uma semana, a placa de "aluga-se". Foi à imobiliária, mas os funcionários estavam proibidos de fornecer qualquer dado para contato. Os entendimentos deveriam ser feitos diretamente com o corretor.

Expulso da pensão, hospedou-se num hotel até alugar a nova casa, vinte e sete dias depois. A separação era fato consumado e, após pelejar com a ex, visitou os filhos com certa regularidade. Por muitos meses, buscou Janete, sem qualquer êxito. Na lanchonete ninguém sabia dela. Teve esperanças de outro encontro casual. Não aconteceu. Com o passar dos anos, mudou de empregos, mudou de casas, mudou de namoradas. A imagem de Janete foi tornando-se difusa, numa lembrança doída e serena. Dez anos é um bocado de tempo. Vinte, ainda mais. Passadas duas décadas, acomodou-se no mesmo trabalho até aposentar. A ideia de seguir mudando de imóveis o cansava. As mulheres, cansaram dele. Sozinho e sem obrigações, manteve em mente a expectativa de que numa ida ao supermercado, dali a alguns (vários) anos, sua vida se transformaria. A felicidade alcançada não duraria muito, é verdade; preparar-se-ia para aproveitá-la ao máximo.

Janete esperou por Silas. Duas, três horas. Amaldiçoou o momento em que depositou confiança naquele sujeito. Como pôde ser tão ingênua a essa altura da vida? Não passam de covardes, todos os homens; uns mais, outros menos. Covardes. Ao amanhecer, não esperou mais – seja por Silas, seja por colocar os planos em prática. Ficou quase um mês viajando, principalmente pelo litoral paulista. Para ajudar no sustento, fez bicos como garçonete aos finais de semana, mas não teve jeito, parte da poupança escafedeu-se. Sem condições de manter a vida nesse passo, retornou a São Paulo e alugou casa em Interlagos. Deixara a antiga residência a cargo da imobiliária, que cuidou da recuperação da parede derrubada – não, a casa não caiu – e de sua venda, o que ocorreu quase um ano depois. Foi trabalhar na loja de quinquilharias esotéricas de uma colega dos tempos estudantis. Houve tanta cumplicidade e ideias em comum que terminaram sócias. Após alguns anos, a amiga decidiu dedicar tempo integral ao marido e ao casal de filhos, assumindo Janete cem por cento o encargo do comércio, que tinha lá sua fama entre o pessoal "descolado".

Perto dos sessenta anos, cansada da burocracia microempresarial brasileira, vendeu o negócio para o filho da antiga sócia, de modo que a loja retornou à origem. Com o dinheiro recebido e mais o fruto da aposentadoria privada, manteve-se aos trancos e barrancos. A essa altura já vivia no prédio da Vila Campo Grande, atrás do Shopping Interlagos, cujo financiamento corroía parte de seus já parcos rendimentos, deixando-lhe a aposentadoria um patamar acima do ridículo. Boa parte dos medicamentos retirava no Posto de Saúde. De hábitos simples e sem extravagâncias, chegou à terceira idade tranquila, sem sobressaltos. Até o dia em que, no supermercado, encontrou um senhor bonito e charmoso. Cansada da solidão, inventou qualquer coisa para puxar conversa. Saiu-se com umas bobagens sobre comida integral.

33

Parque do Ibirapuera, cidade de São Paulo. Outubro de 1988. O vento fresco alivia o calor da primavera. Janete aproveita o oásis verde para seu *cooper* anual. Tem total consciência de que, para serem eficazes na manutenção da saúde, tais "corridinhas" deveriam ter maior frequência. A princípio, planejou duas vezes por semana. Depois, somente aos sábados. Passaram a ser mensais, "*que já tá muito bom*" e, por fim, uma ou duas vezes ao ano só para comentar com conhecidos que costuma realizar atividades físicas. Trota solitária, sob a trilha musical do velho walkman. Sorri com os versos de Cazuza, cantando desejar a sorte de um amor tranquilo. "*É isso que quero. Tô pedindo muito?*"

Já se enfiou em tanta roubada... "*Cada palhaço que me aparece!*" Neuróticos, ciumentos, inseguros, esnobes, a cartilha de ex-amores (ou simples flertes) é rica em exemplares avariados. Janete sabe ter sua parcela de culpa, houve ocasiões em que foi ela a ciumenta a colocar tudo a perder.

Diminui o trote e o estabiliza num rápido caminhar. O fôlego não é o mesmo de outrora. Tampouco o coração. Barão Vermelho segue na trilha. Cadencia a respiração. Pelo relógio, foram quinze minutos de *cooper*. Não é exatamente uma maratonista nigeriana. Ninguém precisa saber. Sente o toque no ombro direito e, surpresa, reconhece o par de olhos claros, esverdeados. Deixa escapar um "*oooi*" enquanto retira os fones dos ouvidos. Cumprimentam-se sob as lembranças de quanto tempo não se veem. "*Você continua ótima*", elogia ele. "*Você também*", replica ela. "*Continua lindo*", pensa Janete, sem externar. Aquele homem fora o grande amor da juventude, quando Janete pairava entre vinte e três ou vinte e cinco anos. Ele, doze anos mais velho. E que olhos.

Ele não se encaixa na lista recém-relembrada, era o tipo maduro bem resolvido. Expandiu os horizontes janetianos na literatura e no cinema. Após oito meses de romance, Janete afastou-se por conta do único defeito, o rapaz não tinha controle sobre as drogas. "*Pelo jeito conseguiu superá-las*", reflete enquanto o ex-*junkie* elogia os filhos. Com as mãos na cintura, Janete camufla o tremor. Continua balançando seu coração. Seu corpo, certamente. Tiveram noites memoráveis de amor e sexo. Também escandalosos arranca-rabos. Tampouco foi um amor tranquilo, embora ardente. No fim das contas, outro que não deu certo.

Seguem caminhando, relembrando o passado e atualizando o presente. Pensando bem, aquele fora o relacionamento com mais chances de dar certo, não fossem dois ou três detalhes. Pensando bem, quase todos os relacionamentos fracassados são assim. Dois ou três "detalhes".

Quanto tempo até encontrar o cara que seja companheiro e amante? Que a divirta e a complemente? Cansou de sexo "recreativo". Está na ressaca do animado encontro com Fred e Karina, na semana anterior.

O ex-namorado a retira dos devaneios ao apontar o homem caído no asfalto, cerca de dez metros à frente. Aproximam-se. Um rapaz mais novo – filho ou sobrinho – dá a assistência necessária, enquanto o círculo de curiosos aguarda o desfecho. Chamam ambulância? Decepção de alguns, ao descobrirem ser desnecessário. O homem está sentado, parece melhor. O ex de Janete, prestativo, pergunta se realmente se sente bem. Precisa de algo? Não, pelo jeito não passou de um susto.

Janete observa, enquanto se afastam, o rosto corado e suado do atleta de fim de semana. "*Esse é outro que corre uma vez ao ano. Se é pra terminar assim, melhor eu parar de vez com os exercícios*", completa a torpe lógica dos sedentários. Assustou-se com o homem quase desmaiado. Precisa aproveitar a vida enquanto tem saúde. Quanto tempo até um piripaque? Caso não encontre ninguém que valha a pena, trilhará sozinha o caminho em busca... De quê? Qualquer coisa parecida com felicidade. Ah, como seria gostoso alguém pra compartilhar o trajeto. É impossível que não haja ninguém por aí que valha a pena. O mundo é imenso, há de existir, ao menos, uma mísera alma que combine consigo. Claro, se for apenas uma única mísera alma, pode estar na Noruega, no Himalaia, na Tailândia ou no Congo. Qual a chance de viver em São Paulo? Qual a chance de estar ali, no parque Ibirapuera?

Interlagos, cidade de São Paulo, segundo semestre de 2018. A praça de alimentação está vazia, as lanchonetes e restaurantes mal abriram. Manhã de terça-feira, não há praticamente ninguém no shopping. Silas é um dos poucos e saboreia o sorvete de coco numa das várias mesas vazias. Caminhar de casa até ali, ou até a padaria ou a papelaria, mantinha seu corpo ativo. Não pode mais passar os dias apenas assistindo televisão. Mente e corpo atrofiam. Prestes a alcançar os setenta e dois anos, é urgente se manter ativo. Terminado o sorvete, bisbilhota a livraria. Na seção de revistas, confere as fofocas dos artistas, o novo escândalo político e os atuais planos do técnico da seleção. Sorri. Mais do mesmo. Sai com um Saramago e uma Ana Paula Maia. O primeiro é diversão garantida e a segunda, aposta no novo. Dizem que é boa, vai conferir. O problema, recorrente nos últimos tempos, é o tamanho da letra. Miúda do caralho. O segredo é ler pela manhã, com a vista descansada.

Na rua, lembra que precisa passar no caixa eletrônico para retirar a aposentadoria. Não tem nenhuma vontade. Será feito, portanto, no dia seguinte; de quebra, terá outro motivo pra sair de casa. Na padaria, compra doces para o café da tarde. Café com doces é o prazer que manterá até o último dia da vida. Em casa, deixa os livros na escrivaninha e, tranquilamente, prepara o almoço. Arroz à grega, bife e um pouco de salada. Come assistindo esporte na tevê. Cochila após o almoço. Conversa com amigos pelo Facebook, via *notebook*. "*Esse negócio é divertido*", anima-se com a rede social incentivada pela neta, para quem Facebook já era mesmo coisa de velhos. Até pouco tempo, Silas achava uma bobagem.

Aos finais de tarde, o gostoso é curtir a brisa na varanda. Senta-se e observa o movimento nas ruas próximas; ao longe, a avenida. A região, hoje tão familiar, foi apresentada por Janete. Silas sempre foi rato da zona norte. Eventualmente, zona oeste. A sul era um território sombrio. Não mais.

Faz quase dois meses que Janete se foi. Duas vezes, em 1989 e em 2018. Bate certa tristeza relembrá-la. Sabe, porém, que deve agradecer pela situação extraordinária vivida. Jamais soube de nada parecido. Silas deixa escapar dois soluços de riso ao recordar a tentativa de repetir o expediente, embebedando-se e batendo a cabeça, de propósito, contra a parede. Patético. Obteve apenas um galo e uma ressaca terrível.

É estranho recordar os últimos acontecimentos com Curió, inclusive as agressões, e vê-lo todos os dias na portaria do prédio. Ao que parece, não se recorda do Silas de 1988. Ou não imagina que aquele Silas seja ele. Qualquer dia raspará a barba para conferir o que acontece.

Até a morte, três anos depois, raros foram os dias em que Silas não se recordou, ao menos uma vez, das conversas com Janete, inclusive aquelas nas quais insistia que jamais seriam amigos em momentos anteriores da vida. Nessas horas, a nostalgia trouxe tristeza. Às vezes, alegria.

No espelho do banheiro, Silas se reconhece nas rugas e até na cicatriz da testa, que custa a desaparecer por completo. Observa os efeitos do tempo. É ele, sim. O mesmo de quando tinha vinte anos. O mesmo dos quarenta. Segue Silas aos setenta e tantos. Melhor em certos aspectos, pior em outros. O tempo, claro, só diminui. E segue sem Janete. Sorri em frente ao espelho, entre contrariado e satisfeito. Estava certo. Janete estava errada.

Muito obrigado

Ao Perácio de Mello, amigo de décadas, pela parceria desde Ardósia.

Ao pessoal da MTS, pela leitura crítica.

À equipe da Editora Pandorga, pelo trabalho em conjunto.

Ao Muricy Ramalho, porque aqui é trabalho.

À Dulci, sempre, pela paciência e o carinho.